en
Harmating
Rampertshofen
Einöd
Isar
Bad Tölz

Der Ritter und die Geisterfrau

Sigrid Heuck

Der Ritter

und die Geisterfrau

Mit Illustrationen
von Daniele Winterhager

Thienemann

An einem heißen Sommerabend brauten sich dunkle Gewitterwolken über den Bergen zusammen. Sie quollen in die Höhe, breiteten sich über dem Land aus und verdeckten schon bald die Sonne.

In dem kleinen Weiler Rampertshofen stand der Moserbauer vor dem offenen Scheunentor und betrachtete voll Sorge die schwarzen Wolkentürme. Er hatte noch Heu draußen hinter der kleinen Georgskirche. Es war das Heu, das mittags unter den Bäumen am Waldrand noch zu feucht gewesen war, um es einzufahren. Doch nach einem Gewitterregen würde es noch viel feuchter sein.

»Agnes, Lisbeth!«, schrie er in den Stall hinunter, wo seine Töchter der Mutter beim Melken der Kühe

zur Hand gingen. »Sagt dem Hannes Bescheid, dass er die Pferde wieder einspannt! Wir müssen noch einmal hinausfahren und das Heu vom Waldrand einholen. Es gibt ein Gewitter, und ob morgen die Sonne wieder scheint, weiß niemand. Die Mutter muss mit der Resi allein im Stall fertig werden.«

Weder Agnes noch ihre Schwester Lisbeth, am allerwenigsten aber ihr Bruder Hannes freuten sich darüber, noch einmal hinausfahren zu müssen. Sie hatten den ganzen Tag schwer gearbeitet und waren müde. Doch es half ihnen nichts, sie sahen ein, dass der Vater Recht hatte. In der Ferne donnerte es bereits.

Das Heu säumte in einem langen Schwaden den Waldrand. Agnes stand auf dem Wagen und nahm die vollen Gabeln in Empfang, die ihr der Vater und Hannes hochreichten. Für den Jungen war das keine leichte Arbeit. Doch der Hannes war die Arbeit auf dem Feld gewöhnt. Lisbeth, die Jüngste der drei Geschwister, rechte hinter dem Wagen die letzten Halme zusammen. Müde ließen die Pferde die Köpfe hängen.

Gerade war der Bauer dabei, mit dem Hannes die schwere Stange auf den voll beladenen Wagen zu schieben, die anschließend mit Seilen festgezurrt wurde, damit ihnen der Wind nicht das Heu davonblies. Plötzlich warfen die Pferde die Köpfe hoch und starrten ängstlich schnaubend auf eine Stelle am Waldrand.

»Hoho«, versuchte sie der Vater zu beruhigen. »Wir sind gleich fertig!« Doch die Pferde hörten nicht auf ihn. Unruhig begannen sie hin und her zu treten.

Inzwischen war es fast dunkel geworden. Ein kräftiger Windstoß fuhr durch die Bäume.

»Hoho!« Der Bauer griff nach dem Zügel, den er in Schlaufen um eines der Kummets gelegt hatte. Er tätschelte dem Braunen den Hals.

»Agnes, komm runter!« Kaum hatte sich das Mädchen auf den Boden gleiten lassen, versuchten die Pferde durchzugehen.

»Brrr, brrr!«, schrie der Moser und packte den Zügel mit beiden Händen, während der Hannes die Bremse zudrehte. Die Pferde rollten die Augen vor Angst. Sie stiegen und versuchten auf der Stelle zu galoppieren. Auf ihrem Fell bildeten sich Schweißflocken. Schneller als sonst und mit schleifenden Bremsen rumpelte und schwankte der hoch beladene Wagen über die Wiese der heimatlichen Scheune zu.

Die beiden Mädchen verstanden nicht, was das Gespann scheu gemacht haben könnte. Sie suchten mit den Augen den Waldrand ab.

»Da!«, schrie Lisbeth plötzlich entsetzt und deutete auf einen Lichtschein, der zwischen den Bäumen auftauchte und sich auf sie zubewegte. »Was ist das?« Sie stand erstarrt, wie festgewurzelt. Es war ihr unmöglich, sich zu bewegen. Ihrer Schwester erging es nicht anders.

»Vater, Hannes, macht langsam! Wartet auf uns!« Doch die beiden hatten alle Hände voll zu tun, um die Pferde zurückzuhalten. Sie konnten sich nicht auch noch um die Mädchen kümmern.

Das Licht kam näher und näher. Es hatte die Form einer Kerzenflamme, die in den heftigen Windstößen hin und her schwankte, einmal groß wurde, dann wieder so klein, dass es schien, als würde sie gleich verlöschen. Im nächsten Augenblick flackerte sie so hoch auf, dass sie beinahe die Spitze des Zwiebelturms der kleinen Kirche verdeckte. In ihrem Inneren war die Gestalt einer Frau zu erkennen. Sie trug ein bis auf den Boden reichendes Gewand, das in einer Schleppe auslief. Auf dem Kopf trug sie eine spitze Haube, von der ein Schleier herabhing. Durch das Rauschen des Windes und das Krachen des Donners erklang Wehklagen.

»Heilige Mutter Gottes, steh uns bei!«, schrie Agnes entsetzt, hob abwehrend die Hände und rannte davon.

Tief seufzend sank die Erscheinung in sich zusammen und verlöschte. Es schien, als habe sie der Wind ausgeblasen. Zugleich begann es zu regnen. Die Wolken gossen ihren Inhalt über den Fluss, den Waldhang und über den Höfen von Rampertshofen aus. Außer sich vor Angst und Entsetzen flüchteten die Kinder nach Hause.

Schluchzend stolperten sie in die Küche und stürzten in die Arme ihrer Mutter.

»Aber was ist denn?«, fragte sie die Bäuerin. »Ihr seid doch sonst nicht so ängstlich bei einem Gewitter.«

Wie immer während eines Unwetters brannte die Wetterkerze unter dem Kreuz im Stubenwinkel.

»Sie sah aus wie eine Kerze …«, stammelte Lisbeth.

»Was ist mit der Kerze?«, fragte sie der Vater, der gerade aus dem Stall kam, wo er die Pferde ausgeschirrt hatte.

»Da war ein Licht«, flüsterte Agnes, »draußen am Waldrand, gleich hinter der Friedhofsmauer.«

Der Moser warf seiner Frau einen erschrockenen Blick zu. »Was war mit dem Licht?«, wollte er wissen.

»Es … es war wie eine Flamme, nur viel, viel größer, wie … wie eine brennende Frau mit einem spitzen Hut auf dem Kopf und einem Kleid mit einer Schleppe …«, stotterte Agnes.

»Das war also der Grund, warum die Pferde scheuten«, murmelte der Vater. Und die Mutter seufzte leise: »Findet die arme Mechthild immer noch keine Ruhe«, und schob ihren Töchtern und dem Hannes, der schon am Tisch hockte, zwei Becher mit stark gesüßtem Kräutertee zu. »Da, trinkt das!«, sagte sie. »Das tut euch gut. Hat sie der Hannes auch gesehen?«

»Wen soll ich gesehen haben?«, fragte der Hannes erstaunt.

Abermals warf die Mutter dem Vater einen Blick zu. Dann sagte sie: »Die Geisterfrau.«

»Wer ist denn das?«

»Das ist eine lange Geschichte«, erklärte die Mutter. »Wenn ihr wollt, kann ich sie euch gelegentlich erzählen.«

»Wann? Heut Abend?«

»Wenn ihr unbedingt wollt und nicht zu müde seid, können wir auch heute Abend damit anfangen«, versprach die Bäuerin. Sie sorgte dafür, dass die Kinder ihre nassen Kleider auszogen und sich in warme Decken hüllten.

Nachdem sie gemeinsam mit der Magd die Schüssel mit der Brotsuppe ausgelöffelt hatten, legte der Vater noch ein Buchenscheit auf die offene Glut des Küchenherds. Die Resi sperrte die Hühner in ihren Verschlag und die Katze rollte sich neben dem Herd zusammen.

Inzwischen war das Gewitter mit Donnern und Blitzen weitergezogen. Ein milder Sommerregen tränkte die abgemähten Wiesen und der Geruch nach feuchter Erde drang durch die offene Tür. Die Bäuerin löschte die Wetterkerze und setzte sich zu den anderen an den Tisch.

»Die Geisterfrau hat sich hier schon häufig gezeigt. Sie taucht in der Dämmerung und meistens vor einem Unwetter am Waldrand auf und schwebt seufzend und wehklagend über die Wiese hinter unsrer Kirche«, begann die Mutter zu erzählen.

Mechthild von Rampertshofen war die Tochter eines edlen Herren, der vor vielen hundert Jahren bei einem Kreuzzug ins Heilige Land ums Leben gekommen war.

Ihre Mutter verheiratete sie mit einem Ritter, der sich »Wolfhart« nannte. Sie überließ ihm und ihrer Tochter die Burg, bevor sie sich in ein Kloster zurückzog.

Leider zeigte schon wenige Wochen nach der Hochzeit Ritter Wolfhart sein wahres Gesicht. Hart und unnachgiebig gegenüber seiner Frau und seinem Gefolge und gewalttätig zu all jenen, die von ihm abhängig waren.

Wenn er auf seinem Rapphengst, begleitet von Simon, seinem Reitknecht, Wenzel, dem Falkner und einigen anderen Gefolgsleuten durch die Dörfer galoppierte oder die nahen Märkte unsicher machte, warnten sich die Männer gegenseitig: »Schickt eure Frauen und Töchter ins Haus und sperrt eure Hühner ein! Der schwarze Wolfhart ist unterwegs.«

Den »Schwarzen« nannten sie ihn nicht nur wegen des Rappen, sondern auch weil der größte Teil seines Gesichts von einem schwarzen Bart bedeckt war. Unter den buschigen Augenbrauen glühten seine Augen wie zwei Holzkohlestücke.

Bald hieß seine Burg im Volksmund nur noch das »Teufelsnest«.

Für die anderen Burgherren in der Gegend war er der »Rampertshofener«, und wenn sie von ihm sprachen, überzog ein zorniger Schatten ihre Mienen. Doch sie konnten ihm nichts anhaben, weil sie nichts in der Hand hatten gegen ihn.

Das Teufelsnest mit dem mächtigen Bergfried, dem Frauenhaus, den Wirtschaftsgebäuden und dem abgrundtiefen Ziehbrunnen, von dem behauptet wurde, er reiche bis zur Isar hinunter, war von einer dicken Mauer umgeben. Es befand sich auf einer Bodenerhebung hoch über dem Ostufer des Flusses, die im Volksmund heute noch »der Raberbichl« genannt wurde, was so viel wie Räuberhügel bedeutet.

Mechthild von Rampertshofen war eine fromme,

sanftmütige Frau. Täglich betete sie in der Burgkapelle für die Seele ihres Mannes. An hohen kirchlichen Feiertagen ritt sie, gefolgt von einem Knappen, ins nahe Klosterstift nach Dietramszell, um dort an der Messe der Augustinerchorherren teilzunehmen und ihren Predigten zuzuhören. An Wochentagen verließ sie nur selten die Burg und dann nur, um Kranke zu besuchen oder Sterbenden Trost zu spenden. Überall war sie beliebt und mancher arme Bauer holte sich erst Rat bei ihr, bevor er den Ritter um eine Stundung seiner Abgaben bat. Zu Mechthilds größtem Leidwesen blieb ihre Ehe kinderlos.

Eines Morgens fand die alte Kammerfrau das Zimmer der Burgherrin leer. Das Lager war unberührt. Ein Stuhl war umgestürzt und der von seiner Herrin sehr geliebte kleine Hund lag neben einem schweren bronzenen Kerzenständer tot am Boden. Alle Kleider, auch das Reitkleid, befanden sich in der Truhe wie sonst. Unverzüglich verständigte die Kammerfrau und ehemalige Amme Mechthilds den Ritter vom Verschwinden seiner Gemahlin.

»Die Herrin ist fort«, keuchte sie. »Hoffentlich ist nichts Schlimmes geschehen.«

»Was kümmert's mich«, erwiderte der Rampertshofener achselzuckend. »Sie wird schon wieder auftauchen.« Dann befahl er Simon, dem Stallknecht, den Rapphengst zu satteln und Wenzel, dem Falkner, ihm den Falken zu bringen, weil er auf die Jagd reiten wollte. Die Gleichgültigkeit, mit der er die Nachricht vom Verschwinden seiner Frau entgegennahm, entsetzte die Dienerin.

»Aber ihr Hündchen ...«, jammerte sie.

»Was ist mit ihm?«

»Es ist tot. Jemand hat es erschlagen!«

»Es war nichts wert. Hatte Angst den Fuchs aus seinem Bau zu treiben und war viel zu schwach, um eine tote Ente aus dem Wasser zu holen.«

Schluchzend vergrub die Kammerfrau Gertrud das Hündchen hinter der kleinen Kapelle. Später befragte sie die Knechte, ob ihnen etwas aufgefallen wäre.

»Gestern war ein heißer Tag«, sagte Wenzel, der Falkner. »Gegen Abend wurde es schwül und ein Unwetter zog auf. Zwischen Donnern und Blitzen kam's mir vor, als hätt ich die zornige Stimme des Herren gehört und dann noch ein Poltern und gleich drauf einen kurzen Schrei. Doch vielleicht hab ich mich auch geirrt. Er klang so ähnlich wie der Ruf eines Käuzchens ...«

»Das Gepolter könnte auch aus dem Stall gekommen sein«, unterbrach ihn Simon, der Stallknecht. »Der Rappe schlägt sich manchmal mit der Stute der Herrin. Und im Übrigen sagst du ja selbst, dass es gedonnert hat.«

»Vielleicht«, sagte Wenzel nachdenklich, »vielleicht hatte die Herrin Streit mit ihrem Mann, hat ihm Vorhaltungen gemacht wegen seines gottlosen Lebenswandels. Vielleicht ist es dabei zu Handgreiflichkeiten gekommen, der Herr hat im Zorn ihr kleines Hündchen erschlagen und sie ist durch den geheimen Gang geflohen, der tief unter der Isar von der Burg Teufelsnest nach der Eurasburg führen soll.«

Da lachten ihn die anderen aus.

»Wer glaubt, dass es so einen Tunnel gibt, soll selig werden!«, spottete Wenzel. »Niemand kann durch den lockeren Flussgrund einen Gang graben. Das Geröll würde über ihm zusammenstürzen, bevor er das andere Ufer erreicht. Das kannst du dir aus dem Kopf schlagen. Das ist ein Märchen.«

»Ich hab nur wiederholt, was man sich so in den Wirtshäusern erzählt«, erklärte Wenzel.

Trotzdem schickte Gertrud heimlich einen Boten zu den Eurasburgern hinüber. Aber auch dort hatte man von der Burgherrin weder etwas gehört noch etwas gesehen. Tagelang erkundigten sich die Mägde bei den Bauern der umliegenden Höfe nach ihr. Doch ihre Mühe war vergeblich.

Eine Zeit lang hing noch der Duft nach Lavendel und Myrrhe in ihrer Kammer, bis ihn schließlich der Wind vertrieb, der durch die Fugen der winzigen Fenster pfiff. Mäuse nisteten sich in den Truhen ein und Schimmel überzog die feuchten Mauerwände.

Nach dem geheimnisvollen Verschwinden Mechthilds verließen nach und nach alle Mägde die Burg. Es gefiel ihnen nicht, dem Ritter und seinem groben

Gefolge aufzuwarten. Nur die alte Gertrud blieb in der Hoffnung zurück, dass ihre Herrin eines Tages wieder heimkehren würde.

Der warme Südwind machte die Menschen reizbar. Vielleicht war das der Grund, warum der schwarze Ritter noch unleidlicher, noch jähzorniger wurde als sonst. Vielleicht hing es auch mit dem Verschwinden seiner Frau zusammen. Bereute er seine Grobheit oder fühlte er sich schuldig? Niemand wusste es. Über jede Kleinigkeit regte er sich auf. Alles machte ihn wild, wilder und gewalttätiger als zuvor. Wenn der heftige Föhnsturm vom Gebirge her über die Hochfläche fegte, konnte er der Versuchung nicht widerstehen mit dem Wind um die Wette zu reiten. Mit seinen scharfen Sporen trieb er den Rappen an, bis seine Flanken bluteten und er schwer atmend, mit zitternden Beinen stehen blieb. Immer häufiger rief er Simon, Wenzel und die anderen Knechte zusammen und streifte mit ihnen durchs Land, raubte, brandschatzte und betrank sich anschließend sinnlos, sodass sie ihn am Ende auf sein Pferd heben mussten, um ihn wieder heimzubringen.

Schneller als die Blätter im Herbst von den Bäumen fallen, schmolz das Vermögen des schwarzen Ritters dahin, das ihm Mechthild mit in die Ehe gebracht hatte. Die Abgaben der Bauern und die Beute seiner Raubzüge reichten nicht aus, um seine Zechgelage zu bezahlen und die Spielschulden zu begleichen. Ihm blieb nur der Wald zum Fluss hinunter, doch das Bäumefällen war harte Arbeit und eines Ritters nicht würdig und seine Männer verweigerten ihm den Dienst. Sie konnten mit dem Schwert umgehen, der Hellebarde und der Armbrust. Die Arbeit mit der Axt war ihnen fremd. Der Rampertshofener musste sich nach anderen Einnahmen umsehen.

»Es ist Zeit, schlafen zu gehen«, unterbrach der Moserbauer seine Frau. »Für uns alle war es ein anstrengender Tag. Lisbeth fallen schon die Augen zu.«

»Ich hab immer geglaubt, Ritter seien gute Menschen, die arme und schwache Leute beschützen und ihnen helfen«, seufzte Agnes ein wenig enttäuscht.

»Du hast Recht,«, erklärte ihr die Mutter. »Im Allgemeinen waren sie edel und anständig, mutig und tapfer, aber der Rampertshofener war ein Raubritter, vergiss das nicht. Raubritter gab's nicht viele. Sie waren die schwarzen Schafe unter ihresgleichen.«

Die Wolken hatten sich verzogen. Der Regen hatte die Luft gereinigt und die Sterne schimmerten klar, wie gewaschen. Über dem Raberbichl stiegen Nebelschwaden hoch.

Morgen ist auch noch ein Tag, überlegte Agnes, dann wird die Mutter weitererzählen. Sie stapfte hinter der Schwester die schmale Treppe nach oben. Ich muss wissen, wie die Geschichte mit der Erscheinung am Waldrand weitergeht, dachte sie.

Am nächsten Tag gab es kein Gewitter. Auf dem Moserhof waren sie früher im Stall fertig als sonst. Sie setzten sich auf die Bank vors Haus, die Mutter und Resi hatten eine große Schüssel Johannisbeeren vor sich stehen, die sie von ihren grünen Stängeln befreiten. Die Kinder spitzten die Ohren, als die Bäuerin mit der Geschichte fortfuhr.

Oft betrachtete der schwarze Ritter vom Turm des Teufelsnests aus, wie sich die Isar von den Alpen kommend ihren Weg durch das Land bahnte und der Donau zustrebte. Zu jener Zeit, in der es nur wenige Fahrstraßen gab, benützten viele Kaufleute aus Oberitalien den Fluss für den Transport ihrer wertvollen Waren. Sie hatten sie von Maultieren auf Saumpfaden durch die Berge schleppen lassen und später auf Flöße umgeladen. Die großen Handelszentren in München, Landshut und Passau waren ihre Ziele. Hatten die Flöße erst einmal die Donau erreicht, waren sie rasch auch in Wien und in Budapest. Flöße waren damals, als die Isar mehr Wasser führte als heute, ein Hauptverkehrsmittel. Man brachte mit ihnen Nutzholz zu

Tal und Wein aus Südtirol, Fässer voller Kalk, der aus Kieselsteinen gebrannt wurde und alle möglichen anderen Waren. Auch Fahrgäste wurden mitgenommen. Sie stiegen an festgelegten Halteplätzen zu und fuhren ein Stück isarabwärts, meistens bis München oder Landshut. Wer wieder heimwollte, musste laufen, denn flussaufwärts kamen die Flöße gegen die heftige Strömung nicht an.

Unmittelbar unterhalb der Burg Teufelsnest waren vor nicht allzu langer Zeit zwei Mühlen errichtet worden. Die Leute nannten den Weiler Einöd. Dort legten die Flößer oft eine Pause ein. Fahrgäste stiegen aus, andere wieder ein, Kalkfässer wurden verladen, während die Floßmannschaft bei einem der Müller Brotzeit machte.

Der Rampertshofener konnte von seinem Bergfried aus die Flöße schon von weitem erkennen. Wenzel und Simon hatten ihm von der wertvollen Fracht der italienischen Kaufleute erzählt, von Teppichballen, Fässern voller Gewürze und Kisten, die mit kostbaren Glaskaraffen voll gepackt waren. Auch Waffen und Schmuck seien darunter, erzählte man sich in den Wirtshäusern der Umgebung.

Das brachte den Ritter auf den Gedanken eines dieser Flöße zu überfallen und die Kaufleute um ihre kostbare Fracht zu erleichtern. Von der Burg zur Anlegestelle führten zwei tiefe, von kleinen Bächen gegrabene Schluchten den Hang hinunter. Durch jede schlängelte sich ein schmaler Pfad, der sowohl von Maultieren als auch geübten Reitern benützt werden konnte. Niemand würde ahnen, welche von beiden er für seinen Angriff benützte oder durch welche er seine Beute in Sicherheit brachte.

Er schickte Simon in die nächste stromaufwärts gelegene Kleinstadt, um einen Mann zu dingen, der ihm melden würde, wenn ein Floß vorbeikäme, das einen Überfall wert sei.

An einem wolkenverhangenen Tag klopfte ein Bote an das eisenbeschlagene Tor der Burg. Obwohl in jener Zeit der Wald fast überall noch bis an die Ufer des Flusses reichte und die Straßen nur schlecht befestigt waren, hatte der Reiter kaum mehr als zwei Stunden für die Strecke gebraucht.

»Kurz nach Sonnenaufgang legte ein Floß von der Tölzer Floßlände ab«, meldete er dem Ritter. »Es soll mit wertvoller Fracht beladen sein. Angeblich besteht sie aus mehreren Kisten voll kostbarer Waffen, einigen Teppichballen aus dem Orient, einer Truhe voller Geschmeide und mehr als einem Dutzend Fässer Wein aus der Toskana. Ich hab mich zugleich mit ihm auf den Weg gemacht, um die Nachricht zu überbringen. Es wird nicht mehr lange dauern, bis es Einöd erreicht.«

»Wer begleitet es?«, wollte der Schwarze wissen.

»Außer dem Venezianer, dem die Waren gehören, wird es von der üblichen Mannschaft begleitet, dem

Flößer, der das vordere Ruder bedient und das schwere Gefährt vom Ufer wegstößt, falls es ihm zu nahe kommen sollte, und zwei Floßknechten, die es um die Biegungen lenken. Dann fahren noch ein paar Fahrgäste mit, von denen einige bei den beiden Mühlen aussteigen wollen. Doch sie werden vermutlich keinen Widerstand leisten.«

»Gut so«, lobte der Ritter den Boten. »Lass dir von Simon deinen Lohn auszahlen! Du hast ihn dir verdient.«

Das war die Gelegenheit, auf die der Rampertshofener schon lange gewartet hatte.

»Sattelt den Rappen«, brüllte er Simon zu, »und verteilt Waffen unter den Männern!« Dann bestieg er den Bergfried und beobachtete den Fluss.

In der Ferne sah er das schwer beladene Floß. Biegung um Biegung trug es die träge Strömung flussabwärts.

»Treibt die Maultiere nach unten! Benutzt den rechten Pfad!«, befahl der Ritter. »Die Treiber sollen sich im Gesträuch hinter den Mühlen verbergen, bis ich ihnen ein Zeichen gebe!«

Mit den Maultieren wollte er später die Beute in Sicherheit bringen. Er selbst benutzte, gefolgt von seinen Männern die linke, die steilere Schlucht.

Gerade als sie aus dem Wald kamen, machte das Floß an der Lände vor den beiden Mühlen fest.

Die meisten Fahrgäste stiegen in Einöd aus. Sie

schulterten ihre Packen und machten sich auf den Weg nach Hause, einige flussaufwärts, andere flussabwärts. Nur ein gut gekleideter Herr, sein Diener und ein junges Mädchen blieben auf dem Floß zurück. Der Herr schien der Besitzer der Kästen, Fässer und Packen zu sein, die im hinteren Teil des Floßes aufgeschichtet waren.

Das Mädchen hieß Katharina. Sie kehrte von einem Besuch bei ihren Eltern zu ihrer Tante zurück. Diese Tante, eine Schwester der Mutter, besaß ein Wirtshaus, unweit der Floßlände in Wolfratshausen. Katharina half ihr bei der Bedienung der Gäste. Sie war fünfzehn Jahre alt und ihre Schönheit zog viele Männer an, die sich um ihre Hand bewarben. Doch sie kümmerte sich nicht um sie.

Gerade als der Floßmann und die beiden Knechte sich anschickten ebenfalls ans Ufer zu springen, um bei dem Müller Brotzeit zu machen, brach der schwarze Ritter mit seinem Rappen aus dem Wald und sprengte den kleinen Abhang hinunter, an dessen Fuß das Floß festgebunden war. Simon, Wenzel und die anderen Knechte folgten ihm.

»Bringt alle Waren an Land!« Der Rampertshofener zog sein Schwert aus der Scheide. Die Knechte zückten die Hellebarden. Sie versperrten Katharina den Weg ans Ufer. In der Hoffnung unentdeckt zu bleiben, duckte sie sich hinter die eisenbeschlagene Truhe.

»Nein!«, schrie der Kaufmann entrüstet und stellte sich dem Ritter in den Weg. »Die Fracht gehört mir.«

»Das wird sich erweisen!«, erwiderte der Rampertshofener böse lachend. Dabei schlug er mit seinem Schwert auf den wehrlosen Mann ein und verletzte ihn schwer. Zur gleichen Zeit trieb Wenzel den Diener so weit ins Wasser, bis dieser wild mit den Armen um sich schlagend in der Strömung versank.

Auf einen Wink Simons hin hatten die Treiber ihre Maultiere ans Ufer getrieben. Ohne auf den Floßmann und seine beiden Knechte zu achten, begannen sie mit dem Abladen der Kisten und Fässer. Wenzel stand auf dem Floß und warf alle Waren des Venezianers ins Wasser, die anderen hoben sie auf und trugen sie ans Ufer. Der Flößer teilte mit seinem Ruder nach allen Seiten heftige Hiebe aus, während seine beiden Knechte, so rasch sie konnten, die Seile kappten, an denen das Floß am Ufer festgemacht war.

»Beeilt euch! Holt noch die Truhe!« Der Ritter trieb seinen Hengst ins Wasser. Mit einer Hand packte er das Ende eines Seils, um das Floß aufzuhalten, mit der anderen schlug er auf den Floßmann ein.

»Nein! Nein! Das dürft ihr nicht!«, schrie da Katharina entrüstet und fuhr aus ihrem Versteck hoch. »In Teufels Namen, schert euch davon!«

Der Rampertshofener erstarrte mitten im Angriff. Er war nicht gefasst darauf, dass vor ihm plötzlich ein junges Mädchen auftauchte, ein halbes Kind noch, das es wagte, ihm entgegenzutreten. Katharinas Gesicht hatte sich vor Empörung gerötet. Die Augen blitzten den Angreifer furchtlos an. Sie war hübsch, sehr hübsch sogar, fand der Rampertshofener. Aber was sollte es! Er wollte die Truhe haben. Sie sah aus, als sei sie voll von wertvollen Dingen. Weiber gab's überall, venezianische Schatztruhen selten.

Doch er hatte einen Augenblick zu lange gezögert. Der Rappe erhielt einen heftigen Stoß von einem der Floßknechte und kämpfte im Wasser um sein Gleichgewicht. Das Tau entglitt der Faust des Ritters. Es war zu spät. Holzstämme schleiften über den Grund. Langsam entfernte sich das Floß vom Ufer und trieb davon. Katharina kam es wie eine Ewigkeit vor, bis es frei war. Sie stand, hielt sich an der Truhe fest und sah dabei dem Ritter ins Gesicht. Schwarz war er, schwarz war sein Pferd, sein Bart, die blitzenden Augen, seine Kleidung und seine Seele. Furcht erregend, nachtdunkel, böse.

Als Letzter wurde Wenzel von einem Schlag des Floßmanns getroffen. Er stürzte rücklings ins Wasser. Dann gewann das schwere Gefährt allmählich an Fahrt und die Räuber gaben auf. Der Rampertshofener wendete den Hengst und sprengte durch das hoch aufspritzende Wasser zum Ufer zurück. Auch Wenzel konnte sich retten. Nur die Leiche des Dieners trieb noch eine Weile neben dem Floß her, doch lange bevor sie die Flussmitte erreichten, hielt sie ein überhängender Ast auf. Die drei Flößer, der verwundete venezianische Kaufmann und mit ihnen Katharina waren entkommen.

Die beiden Müller und ihre Gesellen hatten sich, als der Überfall begann, in ihre Häuser zurückgezogen und die Türen verrammelt. Sie hatten erst gar nicht versucht, das Floß gegen die Schwerter, die Streitäxte und Hellebarden der Ritterknechte zu verteidigen, weil sie die Aussichtslosigkeit ihrer Lage erkannten. Unbehelligt beluden die Maultiertreiber ihre Tiere mit den Waren des Venezianers und kehrten zum Teufelsnest zurück.

Nachdem sich das vor Schreck und Entsetzen erstarrte Mädchen wieder ein wenig erholt hatte, kümmerte es sich um den verletzten Kaufmann. Das Schwert des Ritters hatte ihn am rechten Oberschenkel getroffen. Er hatte reichlich Blut verloren. Sein Gesicht war totenbleich.

»Grazie«, stammelte er. »Danke, Signorina!« Dann wurde er bewusstlos.

Katharina hockte sich auf eine Seilrolle und bettete den Kopf des Verwundeten in ihren Schoß. Der Schwertstreich des Ritters war bis auf den Knochen gegangen, doch er schien ihn nicht durchschlagen zu haben. Der Verletzte stöhnte vor Schmerzen. Das Mädchen überlegte fieberhaft, wie sie das Blut zum Stillstand bringen könnte. Schließlich knüpfte sie das seidene Tuch ab, das ihr die Mutter zum Abschied geschenkt hatte, und drückte es auf die Wunde. Nach kurzer Zeit wurde die Blutung schwächer. Katharina wagte es nicht, den Blick abzuwenden, weil sie Angst hatte, der Mann könnte sterben, wenn sie wegsah. Der Blutverlust ließ seine bartlosen Wangen einfallen. Die Falten um Mund und Nase vertieften sich und die Schatten unter den Wimpern wurden dunkler. Das Mädchen fand keine Zeit, die Schönheit der Landschaft zu bewundern, durch die das Floß dahinglitt und die sie so liebte, keine Zeit für die Reiher, die vor ihnen aufflogen oder den stahlblauen Eisvogel, der einen Fisch aus dem Wasser holte. Das schwere Gefährt ließ die steilen Waldhänge hinter sich. Das Land wurde flacher. Erlen und Weiden säumten die Ufer und im glasklaren Wasser standen Forellen über den Kieselsteinen.

Obwohl die Knechte ihr Bestes gaben, das Floß in der Mitte der Strömung zu halten, die es rascher vorwärts trieb als die ruhigeren Wasser an den Seiten, zog sich die Zeit endlos dahin. Durch die Stromschnellen wurde die Fahrt rau. Das Floß ruckte und bockte und Katharina war froh über die Ohnmacht des Kaufmanns, weil sie ihm Schmerzen ersparte. Voll Mitleid betrachtete sie das feine Gesicht, das von dunklen Haaren umrahmt wurde, die gebogene Nase, das bartlose Kinn und die schmalen Lippen. Er war ein Mann zwischen Jugend und Alter, vielleicht Ende zwanzig, vielleicht auch älter. Die schmalen Hände fuhren unruhig hin und her. An schwere Arbeit schienen sie nicht gewöhnt zu sein.

»Sind wir noch nicht bald da?«, fragte das Mädchen den Flößer.

»Es dauert nicht mehr lang«, tröstete er es. »Ich kann schon die Turmspitze der Kirche des Heiligen Nantwein erkennen.«

Am Ufer warteten Männer mit Ochsenkarren, um Fahrgäste und Fracht zum Markt Wolfratshausen zu bringen. Doch abgesehen von Katharina und dem Kaufmann waren alle anderen Fahrgäste in Einöd ausgestiegen und die gesamte Fracht, außer der Truhe, war die Beute des Ritters geworden.

»Wir bringen ihn zu meiner Tante«, schlug das Mädchen vor. »Die Tante ist eine heilkundige Frau. Sie weiß, was zu tun ist.«

»Legt den Verletzten auf einen Karren!«, befahl der Floßmann. »Bis zum Wirtshaus ›Zur Linde‹ ist's ein gutes Stück Weg.«

»Nein, nein!«, rief Katharina entsetzt. »Der Fahrweg ist schlecht. Wenn der Karren durch Schlaglöcher rüttelt, könnte die Wunde erneut aufbrechen. Ihr müsst ihn tragen!«

Sie legten den Kaufmann auf ein Brett und trugen ihn zum Wirtshaus, das in sicherem Abstand zu dem oft wilden und unberechenbaren Fluss ein Stück weit gegen Wolfratshausen zu erbaut worden war.

Wortlos nahm die Wirtin den Venezianer in Empfang. Während ihr Katharina dabei half, die Wunde auszuwaschen und mit einem Umschlag aus Heilkräutern zu kühlen, sorgten die Floßknechte dafür, dass die schwere Truhe auf einen Karren verladen und ebenfalls zum Wirtshaus gebracht wurde.

Inzwischen hatte sich der Floßmann in der Burg bei dem Grafen melden lassen und ihm von dem Überfall des Rampertshofeners berichtet.

»Sie haben den Diener des Kaufmanns erschlagen und, ausgenommen eine Truhe, sämtliche Waren auf Maultiere verladen und zu seiner Burg gebracht. Der Venezianer ist schwer verletzt. Wir haben ihn ins Wirtshaus zur ›Linde‹ gebracht«, schloss er seinen Bericht.

Der Wolfratshausener schüttelte den Kopf. »Habt ihr euch nicht verteidigen können?«

»Wir haben's versucht, aber die Räuber waren in der Überzahl.«

»So geht das nicht weiter«, sagte der Graf. »Bald schickt kein Kaufmann von jenseits der Alpen mehr seine Waren auf einem Floß nach München und niemand zahlt mehr den Zoll für die Durchfahrt. Ohne Zoll können wir unsere Söldner nicht bezahlen, und ohne Söldner gibt's keine Sicherheit.«

»Daran werdet ihr kaum etwas ändern können«, gab ihm der Flößer zu bedenken. »Die Burg dieses Räubers ist uneinnehmbar. Das haben andere schon versucht. Wenn er sich dort verschanzt, werdet ihr nicht ankommen gegen ihn.«

»Und woher bezieht er Wasser? Ohne Wasser hält niemand lange eine Belagerung durch.«

»Aus einem Brunnen im Burghof, von dem die Leute erzählen, er reiche tief in die Erde bis fast zur Isar hinunter.«

»Lasst mich darüber nachdenken«, sagte der Graf. »Es muss etwas geben, wie wir ihm beikommen.«

»Hoffentlich!« Der Flößer verabschiedete sich. Er musste weiter nach München. Seine Knechte würden das Floß sicher schon mit den zwei Dutzend Kalkfässern beladen haben, die am Ufer abgestellt worden waren. Und die neuen Fahrgäste wollten auch nicht länger warten.

»Schluss für heute!«, sagte die Moserbäuerin. Die Schüssel mit den Johannisbeerdolden war leer.

»Puh, war das grausig!«, stöhnte die Resi, als sie aufstand, um die volle Schüssel in die Kammer zu tragen. »Hoffentlich träum ich nicht davon heut Nacht!«

»Träum lieber von dem Schatz in der Truhe«, sagte der Hannes und grinste. »Von dem vielen Gold und den Edelsteinen und was du mit allem anfangen würdest, wenn der Schatz dir gehörte.« Da stand die Resi auf und verließ die Küche.

»Wir sind doch noch gar nicht müde«, maulte Agnes, während sich Lisbeth die Augen rieb und ein

Gähnen unterdrückte. »Nein, überhaupt nicht«, pflichtete sie ihrer Schwester bei.

»Macht, was die Mutter sagt«, brummte der Bauer. »Irgendwann erzählt sie schon weiter. Da könnt ihr sicher sein.«

Doch am nächsten Morgen fuhren sie wieder mehrere Fuhren Heu ein und am Abend wurde ein Kälbchen geboren. Da fand die Bäuerin keine Zeit zum Weitererzählen. Erst am übernächsten Abend, es war der Samstag, blieben sie alle nach dem Nachtmahl in der Küche, um der Fortsetzung der Geschichte von dem Raubritter und seiner Burg zuzuhören. Seit dem späten Nachmittag regnete es. Weit unten im Tal würde der Fluss bald über die Ufer treten.

Die beiden Mädchen hatten der Resi beim Melken geholfen. Sie hatten die Hühner in den Stall getrieben, die Schweine gefüttert und die Katzenschüsseln mit Milch gefüllt, daher waren sie früher mit der Stallarbeit fertig als sonst.

Sie konnten es fast nicht erwarten, bis sie alle am Tisch Platz genommen hatten und die Mutter weitererzählte.

Während Katharina sich neben ihrer Arbeit in Küche und Gaststube um den verletzten Kaufmann kümmerte, feierte der Rampertshofener mit seinen Kumpanen die reiche Beute. Gertrud, die Kammerfrau, schleppte herbei, was Küche und Keller hergaben. Als es ihr zu viel wurde, flüchtete sie vor den Betrunkenen in die Burgkapelle. Dort suchte sie niemand. Dort war sie sicher. Kaum war sie fort, verlegten der Ritter und sein Gefolge das Gelage in den Keller. Da brauchten sie nur den Spund an den Fässern aufzuschlagen und sich den Wein direkt in den Mund fließen zu lassen. Sie grölten und johlten, verschluckten sich und torkelten herum, bis sie schließlich zur Seite kippten und der Schlaf sie übermannte.

Am anderen Tag verteilte der Ritter einen Teil des geraubten Guts unter seinem Gefolge. Er war schlau und wusste, wie man sie bei der Stange hält. Die wertvollsten Waffen, den Schmuck und die Teppiche behielt er für sich. Kostbare Damaszener Dolche waren darunter, golddurchwirkte Stoffe, Felle von seltenen Tieren, Perlen, silberverzierte Bogen, Armbrüste und Hellebarden. Als sie an die Fässer voll süßen Weins aus der Toskana kamen, begannen sie aufs Neue mit der Sauferei.

So ging es mehrere Tage lang, während die Pferde vor lauter Hunger Löcher in den Stallboden stampften und die Falken an ihren Fesseln zerrten. Dann, als die Männer alles aufgegessen hatten, sattelten sie die Pferde und besuchten die Wirtshäuser in der Umgebung. Wenzel hatte die Falken versorgt. Die Hunde nahmen sie mit. Überall, wo sie vorbeiritten, flüchteten die Bauern in ihre Häuser. Doch der Ritter und seine Leute schlugen die Türen ein und nahmen sich, was sie brauchten, und das, was sie nicht brauchen konnten, schlugen sie entzwei. In den Wirtshäusern auf der Ostseite des Flusses, die meist nur von zurückkehrenden Flößern besucht wurden, floss das Bier in Strömen. Der Ritter begann wieder mit dem Kartenspiel. Er gewann fast immer, und wenn er doch einmal verlor, beschuldigte er seine Mitspieler ihn betrogen zu haben. Das artete dann oft in eine wilde Rauferei aus. Tische und Stühle gingen zu Bruch und viele Gäste blieben verletzt am Boden liegen.

Kehrte der Rampertshofener zum Teufelsnest zurück, stieg er gleich auf den Bergfried, um dem nächsten Floß aufzulauern, das er überfallen wollte.

Doch aus Tölz legten nur noch selten Flöße in Einöd an. Die Kalkbrenner brachten ihre Fässer auf der anderen Seite des Flusses zur Floßlände in Nantwein und verluden sie erst dort. Der Überfall auf den Venezianer hatte sich herumgesprochen.

Unter den kundigen Händen der Lindenwirtin machte die Genesung des Kaufmanns gute Fortschritte. Ein paar Tage lang hatte er hohes Fieber. Das bekämpfte sie, indem sie nasse Tücher auf Stirn und Brust legte. Als das Fieber nachließ, begann auch die Wunde zu heilen.

Immer, wenn es ihre Zeit erlaubte, saß Katharina an seinem Lager. »Ich heiße Paolo«, sagte er. »Paolo Contini. Und wie heißt du?«

»Katharina«, erwiderte das Mädchen.

»Santa Catarina sei Dank! Sie hat dich zu mir geschickt«, flüsterte der Venezianer lächelnd und blickte sie an.

Sie sprachen miteinander, Paolo erzählte ihr von seiner Heimatstadt und wie schön es dort sei, dass es dort keine Straßen gäbe, sondern nur Kanäle, auf denen man mit Gondeln von Haus zu Haus führe und dass das Licht des Meeres die Stadt oft mit einem Glanz überzöge, den man nirgendwo anders fände als nur dort. Prächtige Paläste säumten die Wasserstraßen, die die Pracht der Burgen auf dieser Seite der Alpen weit übertrafen.

Katharina hörte ihm gespannt zu. Sie erzählte ihm von den Männern, die mit ihren Flößen nicht selten bis Wien und manchmal auch bis Budapest fahren müssten, um dort Waren abzuliefern. Anschließend brauchten sie viele Wochen, um zu Fuß hierher zurückzukehren, weil die schweren Flöße gegen die Strömung nicht ankämen. Manchmal erzählte sie ihm auch von ihren Träumen, in denen sie der schwarze Ritter bedrohte. Dann sah sie immer wieder die aufgeblähten Nüstern des Rappen, in deren Inneren die Haut rot schimmerte, das weit aufgerissene Maul mit den gebleckten Zähnen und darüber die mitleidlosen Augen des Ritters, der sie mit hoch erhobenem Schwert bedrängte. Sie wachte jedes Mal schweißgebadet wieder auf.

Eines Tages bat Paolo sie die schwere Truhe zu öffnen. Er reichte ihr einen Schlüssel, mit dem sie das Vorhängeschloss aufmachte. Danach stemmte sie den Deckel hoch und hätte ihn fast wieder fallen gelassen, denn so viel Pracht und Reichtum hatte sie noch nie gesehen.

»Such dir etwas davon aus!«, sagte der Venezianer. »Du hast unter Einsatz deines eigenen Lebens meines gerettet. Und wenn du nicht da gewesen wärst, hätte der Ritter auch diese Truhe erbeutet.«

Katharina zog prächtige golddurchwirkte Stoffe heraus und legte sie über einen Tisch. In einer lederbezogenen Schatulle befanden sich Geschmeide, Ringe und Diademe aus Perlen und Edelsteinen. Herrliche Teppiche, Umhänge aus Samt mit pelzbesetzten Krägen, bestickte Schals, Schuhe und Handschuhe aus feinstem Leder. Doch was sollte sie mit alledem? Weder hier in der Wirtschaft noch später als Ehefrau irgendeines braven Mannes könnte sie etwas von diesem Reichtum gebrauchen.

Ganz zum Schluss holte sie einen merkwürdig geformten Kasten heraus und sah Paolo fragend an. »Was ist das?«

»Sieh nach!«, erwiderte er lächelnd. Vorsichtig hob sie den Deckel hoch. Das Innere des Kastens war mit rotem Samt ausgeschlagen. Erstaunt erblickte das Mädchen ein Instrument, das es nur von den Wandmalereien in Kirchen und von Altarbildern her kannte. Die Engel, die Maria und das Jesuskind umringten, hatten oft solche Instrumente in Händen. Sie spielten Harfen, Schalmeien und solche, die genauso aussahen wie dasjenige, das vor ihr lag.

»Es ist eine Laute«, erklärte der Venezianer dem Mädchen. »Venezianische Kaufleute brachten sie aus dem Orient mit nach Venedig. Mit ihnen pflegen junge Kavaliere ihren Damen Ständchen zu bringen.

Sie singen ein Liebeslied und begleiten sich dabei auf diesem Instrument.« Katharina hob die Laute vorsichtig aus dem Kasten. Sie schien ihr überaus kostbar und zerbrechlich. Ihre bauchige Form kam ihr wie ein in der Mitte durchgeschnittenes Ei aus Holz vor, über dessen Schnittfläche viele Saiten gespannt waren. Die Saiten liefen über einen kurzen Hals und wurden am Ende über hölzerne Schrauben gedreht. Die runde Schallöffnung in der Mitte war mit einem Muster aus verschiedenen Hölzern verziert. Katharina stolperte aus Versehen mit dem Nagel ihres Daumens über eine der Saiten und löste damit einen Ton aus, der leise und zärtlich durch die Kammer schwebte, bevor er verklang.

»Sie ist verstimmt«, erklärte ihr Paolo. »Gib sie mir!« Er richtete sich auf seinem Lager auf, nahm Katharina das Instrument aus den Händen, schlug einen Akkord an und verzog sein Gesicht, als habe er in einen bitteren Apfel gebissen. Dann drehte er an den Schrauben, über die die Saiten gespannt waren, zupfte an ihnen und als er dann noch einmal einen Akkord anschlug, passten die Töne auf einmal zueinander.

»Willst du sie haben?« Er sah das Mädchen fragend an.

»Nein, nein, das geht nicht!«, rief es und spürte, wie ihm das Blut in den Kopf stieg. »Das ist zu viel! Und außerdem kann ich nicht auf ihr spielen.«

»Ich bring's dir bei«, tröstete sie der Kaufmann.

»Bevor meine Wunde verheilt ist, kann ich nicht weiterreisen. Ich gebe dir Unterricht.«

Er zeigte ihr, wie sie die Laute halten musste, wie die Finger der rechten Hand die Saiten festhielten, während sie mit der Linken zupfte. Katharina lernte schnell. Ein Gefühl für Harmonien schien ihr angeboren zu sein. Kaum konnte sie einige Akkorde greifen, begann sie auch schon dazu zu summen. Paolo brachte ihr ein paar einfache Lieder bei, mit denen sie sich selbst auf der Laute begleiten konnte. Sie lernte die italienischen Worte, ohne zu wissen, was sie bedeuteten. Nur, dass einige von Liebe handelten, erkannte sie bald, denn es kam immer wieder das Wort »Amore« in ihnen vor und »Amore« bedeutete Liebe, das hatte ihr der Venezianer erklärt.

Aber er lehrte sie auch ein paar deutsche Lieder, Wiegenlieder und solche, die den Zuhörern in die Füße fuhren und sie zum Tanzen aufforderten.

Eines Tages überbrachte ein Bote Paolo Contini eine Nachricht aus Venedig.

Er müsse unverzüglich dorthin zurückkehren, sagte er, weil sein Vater erkrankt sei und die Geschäfte es verlangten. Doch vorher wollte er noch den Inhalt der Truhe in der nächsten größeren Stadt verkaufen und erst von dort aus nach Italien zurückkehren. Er bat den Fahrer eines Ochsenkarrens ihn und die Truhe bis nach München mitzunehmen, weil er sich inmitten einer Salzkarawane sicherer fühlte als auf einem Floß.

Katharina vermied es zu weinen, als er abfuhr. Sie hatte ihn gesund gepflegt und ihn lieb gewonnen. Er hatte ihr die Laute geschenkt, zum Dank und zur Erinnerung. Er hatte ihr Unterricht erteilt, sie singen gelehrt und ihr dadurch unendliche Freude bereitet. Nun fuhr er fort, und weil sie annahm, dass sie ihn niemals wieder sehen würde, sagte sie nicht »Auf Wiedersehen!« beim Abschied, nicht, wie es üblich war, wenn man sich trennte.

»Ich werde vor dem Altar der heiligen Catarina eine Kerze anzünden«, versprach ihr Paolo. »Vielleicht fügt sie es, dass wir uns irgendwann wieder begegnen.«

An diesem Abend sang und spielte sie das erste Mal den Gästen in der Wirtsstube vor. Sie hockte sich auf die Ofenbank mit ihrer Laute, und als sie einen Akkord anschlug, verstummten alle um sie herum. Dann sang sie ein einfaches italienisches Liebeslied. Als sie endete, klatschten und johlten die Leute vor Entzücken.

»Weiter, weiter«, schrien sie. »Noch eines, noch eines!« Katharina spielte einen Tanz und zum Schluss gab sie noch das Lied eines Ritters zum Besten, der Abschied nimmt, um ins Heilige Land zu ziehen. Danach ließ sie sich nicht weiter erweichen, ihren Vortrag fortzusetzen, weil sie Angst hatte sie würde zu weinen beginnen.

Die Wirtin war hocherfreut über die neuen Fähigkeiten ihrer Nichte. Sie waren Gold wert und würden viele neue Gäste in ihr Wirtshaus locken.

Als der Rampertshofener mit seinen Leuten den Wein aus den Fässern des Venezianers ausgetrunken hatte und auch das Bier aus den umliegenden Wirtschaften zu Ende ging, dehnte er seine Raubzüge weiter aus. Er suchte sich eine Furt durch die Isar und ihre Nebenarme und begann die Weiler und Wirtschaften auf der anderen Seite des Flusses unsicher zu machen. Auf diesen Ritten begleiteten ihn nur Wenzel, der Falkner, und Simon, der Stallknecht, weil nur sie ihre Pferde so gut beherrschten, dass sie ihm durch die reißende Strömung folgen konnten. Bevor der Abt von Beuerberg oder die Grafen von Eurasburg eingreifen konnten, war er längst wieder zurück in seinem Teufelsnest. Ab und zu beraubte er wieder ein Floß, doch nie war die Beute so ergiebig wie die Waren des venezianischen Kaufmanns. Mit Fässern voller gebranntem Kalk konnte er nichts anfangen, mit einem vollen Bierfass schon mehr und die Fahrgäste interessierten ihn wenig, denn es waren meistens arme Leute, die das Floß benützten.

Eines Tages kam er auch zum Gasthof »Zur Linde« bei Nantwein, der Katharinas Tante gehörte.

Grölend und lauthals etwas zum Trinken fordernd riss er die Tür zur Wirtsstube auf. Katharina hockte mit der Laute auf den Knien auf der Ofenbank und sang gerade ein Tanzlied. Sie verstummte sofort, als sie den Ritter erblickte.

Der Rampertshofener starrte sie überrascht an. War das nicht das Mädchen, das ihm bei seinem Überfall auf das Floß des Venezianers so mutig entgegengetreten war? War sie nicht der Grund dafür gewesen, dass ihm die eisenbeschlagene Truhe entging, die so ausgesehen hatte, als berge sie wertvolle Schätze? Die goldfarbenen Haare und blauen Augen waren unverkennbar dieselben. Ihr Anblick verwirrte ihn. Er löste etwas in ihm aus, von dem er selbst nicht sagen konnte, was es war. War es das schlechte Gewissen, das ihn überfiel, wenn er an seine Frau Mechthild dachte, oder beeindruckte ihn lediglich Katharinas Erscheinung, ihre Schönheit und der Klang ihrer sanften Stimme, bevor sie zu singen aufhörte? Vielleicht war es auch der ungewöhnliche Anblick eines Musikinstruments, das ihm nur vom herzoglichen Hof her bekannt war.

Doch er erholte sich rasch wieder und vertrieb mit einer Handbewegung die Gäste vom Stammtisch. »Bier!«, befahl er mit rauer Stimme. »Bringt Bier her! Und Spielkarten! Simon, Wenzel, hockt euch zu mir! Wirtin, das Mädchen soll weitersingen!«

An diesem Tag trieb er es schlimmer als je zuvor. Katharina sang mit zitternder Stimme ein italienisches Liebeslied. Unsicher griff sie in die Saiten. Tränen rannen über ihr Gesicht.

»Los, spiel uns einen Tanz!«, brüllte sie der Rampertshofener an.

Nach und nach verließen alle Gäste die Stube durch eine Hintertür. Der Ritter war bald so betrunken, dass er sich kaum mehr aufrecht halten konnte.

»Komm her, Mädchen!«, lallte er in Richtung der Ofenbank. »Setz dich auf meinen Schoß!«

Das war zu viel. Katharina sprang auf und floh in die Küche. Die Laute ließ sie auf der Bank zurück.

»Wenzel, Simon, schafft mir das Mädchen her!« Er sprang hoch, verlor aber das Gleichgewicht und schlug auf den Boden. »Sucht es, fangt es und bindet es auf einem der Pferde fest! Wir nehmen es mit.«

Sie fanden Katharina im Weinkeller des Wirtshauses, fesselten sie trotz heftiger Gegenwehr und steckten ihr einen Knebel in den Mund. Begleitet vom Wehgeschrei der Tante, banden sie das Mädchen auf eines der Pferde, halfen ihrem Herren auf seinen Rappen, wo er tief nach vorne gebeugt sitzen blieb und während des Heimwegs mehr als einmal in Gefahr war einzuschlafen. Simon führte den Hengst neben seinem Pferd her. Wenzel schwang sich hinter Katharina in den Sattel.

Sie brauchten fast die ganze Nacht, bis sie das Teufelsnest erreichten, fanden die Furt, durch die sie den Fluss überquerten und benützten die heimlichen Pfade durch den Auwald, die nur ihnen und den Flößern bekannt waren. Jedes unnötige Geräusch vermeidend schlichen sie sich an den beiden Mühlen von Einöd vorbei und stiegen durch eine der beiden Schluchten nach oben.

»Macht auf!«, brüllte Simon und schlug ans Tor. »Macht sofort auf!«

Ein Hund schlug an. Die alte Kammerfrau lugte durch eine kleine Klappe in einem der Torflügel.

»Herr im Himmel!«, rief sie erschrocken und legte den schweren Riegel zurück. »Wen bringt ihr denn da?«

»Ein widerborstiges Reh«, klärte sie Simon auf und lachte. »Nimm dich ihrer an, aber achte darauf, dass sie nicht entkommt! Wenzel und ich bringen den Herrn in seine Kammer.«

»Für euch wird's ebenfalls Zeit ins Bett zu gehen«, erklärte die Bäuerin den Kindern. Der Kopf des Bauern war längst auf den Tisch gesunken. Die Müdigkeit war stärker gewesen, als der Wille wach zu bleiben. Von Sonnenaufgang bis Sonnenuntergang hatte er schwer gearbeitet, das setzte ihm oft mehr zu, als er sich eingestehen wollte.

»Und wann erzählst du weiter?«, fragte Agnes.

»Wenn's wieder mal regnet«, tröstete sie die Mutter und band sich die Schürze ab.

Mitten im Sommer war das ein schwacher Trost. Doch Agnes musste sich damit zufrieden geben. Später, als ihre Schwester und sie ihr Abendgebet sprachen, fügte sie heimlich noch eine Bitte hinzu: »Heiliger Petrus«, betete sie still für sich, stockte und überlegte, ob Petrus wirklich der richtige Heilige wäre, den man bitten könnte es regnen zu lassen? Nur ein bisschen sollte es regnen und nur dann, wenn sie alles Heu eingefahren hätten, nur gerade so viel, dass die Mutter den Garten nicht zu gießen brauchte und stattdessen Zeit fände die Geschichte weiterzuerzählen. Vielleicht wäre die heilige Anna geeigneter für so eine Bitte als der heilige Petrus? Ihr Segen soll angeblich gegen schlechte Ernten helfen? Doch dann entschloss sie sich für den heiligen Isidor. Zu ihm beteten die Bauern bei lang anhaltender Dürre, nur ab und zu auch bei Dauerregen. Er würde das rechte Maß schon finden.

»Heiliger Isidor, hilf …!«, murmelte sie. Weiter kam sie nicht mehr, weil sie einschlief.

War es, dass der heilige Isidor Agnes' Bitte richtig verstanden hatte, oder war es einfach nur der Nordwind, der die Wolken über den Himmel trieb, bis sie sich an den Bergen stauten. Ein paar Tage war es noch schön. Der Moserbauer brachte sein restliches Heu auf die Tenne, danach begann es zu regnen.

»Das ist Wachs-Wetter«, stellte er zufrieden fest. »Der Regen lässt das Gras schnell wachsen. Die nächste Ernte wird gut werden.«

Nach dem Nachtmahl blieben alle wieder am Tisch in der Küche sitzen und die Mutter erzählte weiter.

Bis zum nächsten Morgen hatte Katharina keine Tränen mehr, die sie weinen konnte. Die Kammerfrau versuchte vergeblich sie zu trösten. Sie hatte darin große Erfahrung. Wie oft hatte sie ihre Herrin nach einem Streit mit dem Ritter getröstet!

Als der Rampertshofener seinen Rausch ausgeschlafen hatte und Simon schickte, er solle das Mädchen zu ihm bringen, hatte Katharina sich bereits in ihr Schicksal ergeben.

Simon schob sie in die große Halle und schloss hinter ihr die Tür. Der Ritter hockte auf einem hochlehnigen Stuhl am Ende einer langen Tafel. Sein Gesicht war grau. Die Augenlider hingen schwer herab. Die tiefen Falten auf seiner Stirn hatte der Alkohol dort eingegraben. Das Lächeln schien er verlernt zu haben.

»Steh nicht so herum«, herrschte er sie an. »Komm näher!«

Katharina machte einen Schritt auf ihn zu und blieb mit gesenktem Kopf stehen. Die durchweinte Nacht hatte auf ihrem Gesicht deutliche Spuren hinterlassen.

»Wie heißt du?«

»Katharina«, flüsterte das Mädchen. Ihre zarte, hilflose Erscheinung erinnerte den Ritter wieder an irgendetwas. Doch es fiel ihm nicht ein, was es sein könnte. War es der Mut, mit dem sie ihm auf dem Floß entgegengetreten war oder war es der Verlust der Truhe? Er war es gewöhnt, immer zu siegen. Dass die Flößer, das Mädchen und der Venezianer entkommen waren, störte ihn.

»Sprich lauter! Ich kann dich sonst nicht verstehen.« Der harte Klang seiner Stimme ließ keinen Widerspruch zu. »Sing mir was vor!«

»Das kann ich nicht«, stammelte Katharina.

»Warum nicht?«

»Ich hab keine Laute, auf der ich mich begleiten kann.«

»Keine was?«

»Keine Laute. Ohne sie kann ich nicht singen.«

»Wie kommt ein Mädchen deines Standes zu einer Laute?«, wollte der Ritter wissen. Allmählich verließ ihn die Geduld.

»Paolo ...«, flüsterte Katharina und wieder stiegen ihr Tränen in die Augen. »Der Italiener hat sie mir geschenkt.«

»Du meinst doch nicht etwa den venezianischen Kaufmann, der auf dem Floß mitfuhr und dem die schwere Truhe gehörte, die uns entging? Der war doch tot.«

»Nein, nein«, schluchzte das Mädchen. »Er war nur verletzt. Ich hab ihn gepflegt, bis seine Wunde verheilt war. Zum Dank dafür hat er mir die Laute geschenkt. Er wollte sie einer Herzogin verkaufen.«

Mit wutverzerrtem Gesicht sprang der Ritter hoch und stemmte die Fäuste auf den Tisch. »Du«, schrie er zornig, »du hast ihn gesund gepflegt und dafür hat er dir die Laute geschenkt. Wo ist der Kerl? Ich will die Truhe haben. Sie gehört zu der Beute. Sie gehört mir!«

Da nahm Katharina all ihren Mut zusammen. »Nein!«, rief sie entrüstet. »Die Truhe ist das Eigentum des Kaufmanns, den ihr verletzt und bestohlen habt. Ihr seid ein Räuber, ein Wegelagerer, ein Mörder, nichts anderes! Ihr gehört ins Gefängnis.«

Da schlug die Wut über dem Rampertshofener zusammen. So hatte es noch niemand gewagt, mit ihm zu sprechen. Nur dieses Bauernkind, diese Hexe, dieser Ausbund des Satans ... Mit geballten Fäusten ging er auf Katharina los, und wenn nicht im gleichen Augenblick Gertrud die Halle betreten hätte und mit ihr die Hunde, die den Ritter freudig begrüßten und ihm den Weg versperrten, hätte er das Mädchen vielleicht erschlagen in seinem Zorn.

»Simon, Wenzel!«, schrie er. »Bringt sie ins Verlies hinunter und sperrt sie ein. Ich will sie nicht mehr sehen!«

Simon und Wenzel ergriffen die totenbleiche Katharina und zerrten sie mit sich. Sie stolperten mit ihr die Treppe zum Burgverlies hinunter, das tief unter dem Bergfried lag, und stießen sie hinein. Hinter ihr schloss sich ein schweres Eisengitter und dann die Türe. Danach wurde es dunkel um sie herum. Kein Laut drang durch die dicken Mauern. Katharina tastete sich an der Wand entlang, bis sie so etwas wie eine Bettstatt erreichte. Sie ließ sich darauf nieder. Wie konnte sie so dumm sein dem Ritter die Wahrheit ins Gesicht zu schleudern? Sie hätte wissen müssen, dass er sie nicht vertrug. Jetzt war es aus mit ihr. Nie mehr würde sie das Sonnenlicht auf den Bergen sehen oder Regen auf der Haut fühlen, nie mehr der Amsel, dem Rotkehlchen oder den Kohlmeisen zuhören, nie mehr würde ihr der Duft frisch geschnittenen Grases, des Bärlauchs oder der blühenden Ligusterbüsche in die Nase steigen, und nie mehr würde sie die Saiten der Laute unter ihren Fingern spüren, der Laute, die ihr Paolo Contini geschenkt hatte. Tiefunglücklich schlief sie irgendwann ein.

Katharinas Vorwürfe hatten den Ritter getroffen. Das letzte Mal hatte ihm Mechthild so etwas Ähnliches vorgeworfen.

Er mochte es sich zuerst nicht eingestehen, doch die Worte des Mädchens brannten wie eine Speerspitze in seiner Brust. Katharina gefiel ihm, aber mit seiner rauen, jähzornigen Art hatte er es mit ihr verdorben.

Gegen Abend ließ er Wenzel Bescheid sagen, er wünsche auf die Jagd zu gehen. Der Falkner möge ihn mit zwei Hunden begleiten und ihm die Armbrust nachtragen. Die Jagd würde seinen Kopf von Katharinas Worten befreien. Das hoffte er.

Das Mädchen verdämmerte den Tag in seinem Gefängnis. Es konnte nicht erkennen, ob die Sonne noch schien oder ob die Nacht schon hereingebrochen war. Sein Verlies, tief unter dem Bergfried, hatte kein Fenster. Die feuchte und klamme Luft fand keinen Ausweg.

Irgendwann schreckte es hoch, weil jemand mit tapsenden Schritten die Treppe hinunterkam und die Tür aufschloss. Ein schwacher Lichtschein fiel durch das Gitter und malte ein schachbrettartiges Muster auf den Boden. Es war Gertrud, die eine Kerze in der Hand hielt. Sie brachte Katharina eine Flasche mit Wasser und einen halben Laib Brot.

»Iss das!«, redete sie dem Mädchen zu. »Hunger macht schwach und du musst stark bleiben.« Sie schob die Sachen unter dem Gitter hindurch. »Der Herr ist auf die Jagd gegangen«, sagte sie. »Er hat Wenzel und die Hunde mitgenommen. Wie ich ihn kenne, wird er spät zurückkommen.«

Wortlos nahm Katharina das Brot und die Wasserflasche in Empfang.

»Lass den Mut nicht sinken. Mir wird schon was einfallen, wie ich dir helfen kann«, fuhr die Kammerfrau fort. »Ich habe für dich gebetet und deiner Tante durch einen Jungen eine Botschaft zukommen lassen. Wir finden für dich einen Weg nach draußen.« Dann erkannte sie erst, wie sehr die Gefangene fror. Sie hatte sich die Arme um den Leib geschlungen und zitterte wie Espenlaub. Ob es Angst, Erschöpfung oder die feuchte Kälte des Gemäuers war, konnte die Kammerfrau nicht erkennen. Sie eilte nach oben und kam nach kurzer Zeit mit zwei Wolfsfellen und einem warmen Umhang zurück.

»Da, nimm das! Der Umhang gehörte der Herrin. Sie wird ihn vermutlich nicht mehr brauchen. Hänge ihn um und deck dich mit den Fellen zu. Sonst holst du dir noch den Tod!«

»Danke, danke!«, war alles, was Katharina hervorbrachte. »Gott wird es dir vergelten.«

»Leider kann ich dir kein Licht dalassen. Sonst erfährt der Herr, dass ich hier unten war. Doch ich verspreche dir, gleich in der Früh, solang er noch schläft, komme ich wieder.«

Dann war Katharina wieder allein. Doch die Finsternis war weniger grausam als vorher. Gertruds tröstende Worte, der Umhang und die warmen Felle halfen ihr Angst und Kälte zu verdrängen. Sie tastete sich auf ihr Lager zurück und schlief bald ein.

Mitten in der Nacht wachte sie wieder auf, ohne zu wissen, was sie geweckt haben könnte. Es war still. Kein Laut durchdrang die dicken Mauern.

Sie fuhr hoch. Irgendetwas war anders als vorher. Irgendetwas hatte sich verändert. War da nicht das Licht einer Kerze? Es schien aus der Wand zu kommen. Ein blasser Schimmer, der allmählich größer wurde.

»Gertrud?«, flüsterte Katharina. »Bist du es?«

Doch das Licht gab ihr keine Antwort. Es flackerte ein wenig und wurde in seinem Kern immer heller. Fast musste das Mädchen geblendet die Augen schließen. Die Flamme wuchs in die Höhe. Wie von einem Windhauch bewegt, schwankte sie hin und her. Mit

Entsetzen erkannte Katharina in ihr eine bleiche Frau. Sie trug eine spitze Haube auf dem Kopf, von der ein Schleier herabhing. Ihr langes Kleid endete in einer Schleppe. Am liebsten wäre das Mädchen geflüchtet, aber das ging nicht. Auf drei Seiten war sie von Mauern eingeschlossen und auf der vierten befand sich das Eisengitter.

»Du trägst meinen Umhang«, hauchte die Frau lautlos. »Den hat dir sicher die gute Gertrud gegeben. Sie hat recht getan. Er nützt mir nichts mehr. Hast dem Ritter einen Spiegel vorgehalten und ihm die Wahrheit gesagt, ohne zu wissen, dass er nichts schlechter verträgt als sie. Hast ihm gesagt, dass er grausam, gewalttätig und skrupellos ist, ein Räuber, ein Mörder.«

Atemlos lauschte Katharina auf das, was die fremde Erscheinung ihr mitteilte.

»Ich weiß es«, fuhr diese fort, »denn ich bin Mechthild, seine Ehefrau, die er im Zorn erschlug und heimlich bei der alten Buche am Waldrand verscharrte.«

»Mein Gott!«, stöhnte das Mädchen auf.

»Bis meine sterblichen Überreste gefunden werden und ein christliches Begräbnis erhalten, finde ich keine Ruhe.« Die Flamme sank in sich zusammen und verlöschte.

Katharina umfing wieder Dunkelheit. Sie zitterte am ganzen Leib.

»Gertrud, Gertrud!«, schrie sie entsetzt. »Komm und hilf mir!«

Doch die Kammerfrau konnte sie nicht hören. Sie schlief in einem der Wirtschaftsgebäude, dort, wo auch Wenzel, Simon und die anderen Knechte untergebracht waren.

Als die Mutter schwieg, getraute sich lange Zeit niemand etwas zu sagen.

»Woher weißt du das alles?«, sagte der Moser anerkennend zu seiner Frau. »Du kannst das gut. Während du erzählst, glaub ich immer, ich wäre selbst dabei.«

»Warum hat man nicht längst bei der alten Buche am Waldrand nach Mechthilds sterblichen Überresten gesucht und sie dann auf unserem Friedhof beerdigt?«, wollte der Hannes wissen.

»Die alte Buche gibt's schon lange nicht mehr«, erklärte ihm der Vater. »Mein Großvater hat uns Kindern erzählt, dass sie bei einem heftigen Unwetter umgestürzt sei. Fast einen Winter lang konnten sie mit ihrem Holz den Herd einschüren.«

»Ist dir die Geisterfrau auch einmal begegnet?« Lisbeth sah die Mutter fragend an.

»Allerdings«, erwiderte die Moserbäuerin. »Mir läuft's heut noch kalt über den Rücken, wenn ich dran denke.«

»Erzähl, erzähl!«, bettelten Agnes, Hannes und Lisbeth aufgeregt. »Wo war es?«

»Es war auf dem Heimweg durch die Schlucht, die

direkt von der Kapelle des Reismüllers nach oben führt. Wie ihr wisst, ist dieser Pfad zwar steiler, aber auch kürzer als der andere. Für die Bewohner von Einöd ist es der kürzeste Weg nach oben. Ich war neun Jahre alt und hatte mit den Müllerkindern gespielt und die Floßknechte geneckt, die auf ihrem Heimweg dort Halt gemacht hatten. Auf der anderen Seite der Isar stiegen Gewitterwolken hoch und ich eilte mich, um vor dem Regen nach Hause zu kommen. Es donnerte, blitzte und ein heftiger Wind schüttelte die Baumkronen.

Plötzlich erschien zwischen den Stämmen oben am Hang ein fremder, kalter Lichtschein. Zuerst glaubte ich, mein Vater käme mir mit einer Lampe entgegen. Doch dann wurde die Flamme größer und größer, flackerte zwischen den Bäumen, als brenne der Wald, und ich erkannte in ihrem Inneren die Frau mit der spitzen Haube, von der meine Großmutter und die alten Tanten immer sprachen, wenn sie vor ihren Spinnrädern hockten.

Ohne den Boden zu berühren, schwebte der Geist auf mich zu, als wollte er mir etwas sagen. Doch ich drehte mich um und lief weinend wieder den Berg hinunter. Immer wieder stolperte ich über Wurzeln und Steine, fiel hin, raffte mich wieder auf, meine Knie bluteten und die wilden Himbeersträucher zerkratzten mir Arme und Beine. Ich muss schlimm ausgesehen haben, als ich die Mühlen wieder erreichte und weinend bei dem Müller in die Küche stürzte, mit dessen Kindern ich gespielt hatte.

Nachdem das Gewitter vorbei war, brachten mich die beiden ältesten Söhne des Müllers mit ihren Laternen nach Hause.«

Am nächsten Tag regnete es immer noch. Zum Nachtmahl gab es Hühnersuppe, die alle aus einer Schüssel löffelten. Danach holte sich die Mutter den Flickkorb aus dem Regal und begann einen Strumpf zu stopfen, der Bauer, die Resi sowie der Hannes und seine Schwestern drängten sich auf der Bank zusammen und hörten zu, als die Bäuerin weitererzählte.

Inzwischen war Katharinas Tante nicht untätig gewesen. Sie war zu der Burg gelaufen und hatte sich beim Grafen melden lassen.

»Es ist dringend«, sagte sie zu dem Wächter am Burgtor. »Meine Nichte Katharina, das einzige Kind meiner Schwester, ist in Lebensgefahr!«

Sich mit ihrem Kopftuch die Augen auswischend, fiel sie vor dem Grafen auf die Knie und erzählte ihm von der Entführung Katharinas. An diesem Morgen habe sie eine Botschaft erhalten, dass der Rampertshofener das arme Kind in sein Verlies geworfen habe. Dort würde es bald zugrunde gehen, wenn der Graf sie nicht befreie.

»Und was soll ich deiner Meinung nach tun?«,

grollte der Graf. »Wir alle wissen, dass ihm nicht beizukommen ist auf seiner Burg.«

»Aushungern, ihm das Wasser abgraben und dann, wenn er und seine Männer vor Durst geschwächt sind, das Teufelsnest erstürmen!«, schluchzte die Lindenwirtin.

»Das ist kein schlechter Einfall«, murmelte der Graf in seinen Bart. »Mal sehen, was sich da tun lässt.« Er ließ seinen Schreiber kommen und verfasste eine Botschaft an alle umliegenden Burgherren, den von Hechenberg und den von Harmating, den von Grünwald und den von Eurasburg, auch an die Pröpste in den Klöstern von Beuerberg, Schäftlarn und Dietramszell und nicht zuletzt an den Bayernherzog, der in München residierte.

»Aber zuerst muss deine Nichte gerettet werden«, sagte er zu der Wirtin. »Bis wir die Burg erstürmen, muss sie in Sicherheit sein. Inzwischen könntest du dich ein wenig umhören, von welcher Seite aus man den Ziehbrunnen am besten anzapfen kann.« Die Lindenwirtin versprach sich bei ihren Gästen danach zu erkundigen. Voller Hoffnung kehrte sie in ihr Wirtshaus zurück.

Am anderen Tag hatte der Ritter in der Abenddämmerung am Isarufer einen Hirsch geschossen. Wenzel musste ein Maultier holen, damit die Beute heimgebracht werden konnte. Der Erfolg hatte den Rampertshofener Katharina vergessen lassen. Erst am Morgen fiel sie ihm wieder ein. Er schickte Simon ins Burgverlies hinunter, um das Mädchen heraufzubringen. Doch vor Simon war bereits die Kammerfrau bei ihr gewesen. Sie hatte ihr eine kräftige Suppe gebracht und dazu ein Stück Brot, aber Katharina wollte nichts essen. Sie hockte zitternd mit hochgezogenen Knien auf ihrem Lager und hatte den Umhang der Gräfin dicht um sich gezogen. Die Haare hingen ihr ins Gesicht, sie war bleich und ihre Augen umrahmten schwarze Schatten.

»Du musst etwas essen«, mahnte Gertrud voller Sorge, »damit du bei Kräften bleibst!« Doch das Mädchen hatte ihr keine Antwort gegeben. Es hatte nur auf den Boden gestarrt, als begriffe es nicht, was geschehen war, nicht die nächtliche Geistererscheinung und nicht, warum es der Ritter hier unten gefangen hielt. Es konnte nicht darüber reden, auch nicht mit der Kammerfrau, die es gut mit ihm meinte. Kopfschüttelnd drehte Gertrud sich um und stieg wieder die Treppe hoch.

Simon fand Katharina in der gleichen Stellung vor, in der sie die Dienerin verlassen hatte. Suppe und Brot standen immer noch unberührt vor ihr.

»Komm mit! Der Herr will dich sehen!«, herrschte Simon sie an, und als sie keine Anstalten machte aufzustehen, packte er sie am Arm und zog sie hoch. »Stell dich nicht so an. Tu, was er von dir verlangt, dann musst du nicht mehr hierher!« Er zerrte sie hinter sich die Treppe nach oben und bis in die Halle, wo der Ritter sein Morgenmahl einnahm.

»Na, Simon, hast du das Mädchen?«, sagte er und schnitt sich ein großes Stück Schinken herunter. Dann blickte er auf. Vor ihm stand eine zitternde Gestalt, eingehüllt in einen Umhang, der ihm nur allzu bekannt war. Seine Augen weiteten sich vor Entsetzen. Sein Atem stockte.

»Mechthild«, flüsterte er. »Ich dachte, du seist ...« Unfähig zu begreifen, was er vor sich zu sehen glaubte, starrte er Katharina an. Doch als er seinen Irrtum erkannte, verwandelte sich sein Schrecken in furchtbaren Jähzorn. Das Blut stieg ihm in den Kopf. Er sprang auf und versetzte dabei dem Hund, der unter dem Tisch an einem Knochen nagte, mit seinem Stiefel einen so heftigen Tritt, dass er jaulend davonhinkte. Katharina wich zurück und hob abwehrend die Hände. Doch da war der Ritter schon bei ihr und riss ihr den Umhang von den Schultern.

»Gertrud!«, brüllte er so laut, dass es über den Burghof hallte. »Schafft mir die Alte her!«

Wenzel fand die Kammerfrau in der Kapelle, wo sie den Altar mit Blumen schmückte.

»Der Herr verlangt nach dir«, rief er. »Komm schnell!« Das verhieß nichts Gutes. Gertrud raffte ihre Röcke hoch und folgte Wenzel in die große Halle.

Schnaubend vor Wut stand der Ritter vor Katharina und schwenkte den Umhang hin und her. Das Mädchen hatte die Hände vors Gesicht geschlagen und zitterte am ganzen Körper.

»Wo hast du das her?«, schrie der Rampertshofener es an. »Du hast ihn gestohlen, du Diebin!« Da fiel ihm die Kammerfrau in den Arm.

»Sie hat ihn von mir«, rief sie empört. »Ich hab ihn ihr gegeben. Er gehörte der Herrin, das ist richtig, aber die Herrin braucht ihn nicht mehr. Das arme Kind wär fast erfroren in seinem Gefängnis!«

»Was schert es dich?« Der Ritter knüllte den Umhang zusammen und warf ihn in den offenen Kamin, wo er hell auflodernd verbrannte. »Warte, das sollst du mir büßen!«

Er befahl Wenzel die Alte zusammen mit Katharina ins Verlies hinunterzubringen und einzuschließen.

»Möge dich der Teufel holen«, rief die Kammerfrau, als Wenzel sie und das Mädchen aus der Tür schob. »Damit du deine Sünden in den Flammen der Hölle verbüßt! Ganz langsam sollst du verbrennen, ganz langsam!«

Doch den schwarzen Ritter ließ ihr Fluch kalt. Es war nicht das erste Mal, dass ihn jemand verwünschte. Das war er gewöhnt. Er lachte nur.

Wenzel brachte die beiden Frauen ins Verlies und schloss sie dort ein. Sie taten ihm Leid. Gertrud war eine entfernte Verwandte von ihm und Katharina sah so verängstigt aus. Er versprach ihnen noch ein paar Fackeln zu bringen, damit sie nicht völlig im Dunkeln hockten.

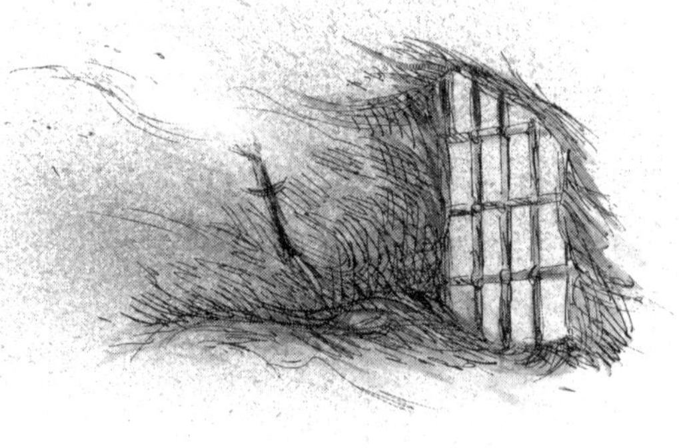

Zu zweit ertragen sich Not und Gefahr leichter als allein«, tröstete die alte Kammerfrau das Mädchen. »Wir werden uns gegenseitig wärmen und Wenzel wird uns die Fackeln bringen. Wir reden miteinander. Das ist doch nicht schlecht?« Ihr Zuspruch tat Katharina gut. Das Zittern ließ nach. Sie schmiegte sich an die Alte und hörte ihr zu.

»Meine Herrin war eine gute Frau«, begann diese. »Viele Bedürftige kamen zu ihr, baten sie um Hilfe, und wo es ihr möglich war, half sie ihnen heimlich und ohne dass es der Herr bemerkte. Sie liebte Tiere, ihr Pferd, mit dem sie oft ausritt, ihr kleines Hündchen und die Vögel, denen sie im Winter Körner hinstreute. Immer wieder versuchte sie den Ritter dazu zu bringen, sich besser im Zaum zu halten, doch ihre Vorhaltungen verschlimmerten alles. In der Nacht, in der sie verschwand, muss es einen schlimmen Streit zwischen den beiden gegeben haben.«

»Er hat sie erschlagen«, murmelte Katharina, »und ihren Leichnam bei der alten Buche am Waldrand verscharrt.«

»Um Gottes und aller Heiligen willen«, stammelte Gertrud entsetzt. »Woher weißt du das?«

»Sie hat's mir selbst erzählt«, antwortete das Mädchen. »Letzte Nacht, als sie hier war.«

»Sie war hier?« Die Kammerfrau rückte ein Stück weg von Katharina. »Heißt das, sie ist dir erschienen?«

»Das heißt es. Sie kam durch die Mauer. Zuerst dacht ich, du wärst es, die mich mit einer Kerze in der Hand besucht. Doch dann erkannte ich eine durchsichtige Dame. Sie sprach mich auf den Umhang an und vermutete, dass du ihn mir gegeben hast. Danach erzählte sie mir, dass sie die Ehefrau des Ritters sei und dass dieser sie während eines Streits erschlagen und ihren Leichnam am Waldrand verscharrt habe. Erst wenn man ihre Knochen auf einem Friedhof bestattete, erhielte sie die ewige Ruhe.«

»Das war's also, warum du heut Morgen nichts reden und nichts essen wolltest«, seufzte Gertrud. »Da saß dir noch der Schreck in den Knochen. Jetzt versteh ich das alles.«

Sie sprachen lange miteinander. Gertrud erzählte ihr, dass sie es nicht fertig gebracht hätte nach Mechthilds geheimnisvollem Verschwinden, die Burg zu verlassen, weil sie die Hoffnung nie aufgab, ihre Herrin würde eines Tages wieder zurückkehren, und Katharina berichtete ihr von dem Überfall auf das Floß.

Die alte Gertrud schüttelte den Kopf vor Verwunderung.

Gegen Abend brachte ihnen Wenzel einen Laib Brot, eine Flasche Wasser und ein halbes Dutzend Kienfackeln, von denen eine brannte.

»Morgen früh komm ich zurück, wenn der Herr mich nicht braucht«, sagte er. »Die Falken versorg ich später.«

»Gott wird es dir vergelten«, dankte ihm Gertrud. Dann war sie wieder mit dem Mädchen allein. Eng aneinander gekuschelt legten sie sich auf die Bettstatt, deckten sich mit den Wolfsfellen zu und schliefen bald ein.

Katharina wachte mit dem Gefühl auf, dass außer ihr und der Kammerfrau noch jemand da war. Die Kienfackel glimmte nur noch schwach. Von ihr konnte das Licht nicht kommen, das ihren Kerker erhellte. Es drang durch die Mauer, wurde größer und heller, flackerte wie eine riesige Kerze in einem Luftzug.

»Gertrud, wach auf!«, flüsterte Katharina und griff nach ihrer Schulter. »Da ist der Geist!« Und als die

Alte die Augen aufschlug, erkannte sie in der Geisterfrau sofort ihre ehemalige Herrin wieder. Schrecken und Freude verschmolzen in ihrem Inneren. »Frau Mechthild«, hauchte sie. »Wo kommt Ihr her?«

Die Frau in der Flamme legte den Finger auf die Lippen. »Schsch!«, zischte sie. »Ich muss gleich wieder gehen. Wollte euch nur einen Weg zeigen, durch den ihr flüchten könnt.« Sie deutete auf eine Stelle in dem Gemäuer. »Hier durch die Steine, dann eine Treppe hinunter bis tief unter den Fluss und einen dunklen Gang entlang, der euch nach einer langen Wanderung zu der Eurasburg bringt. Doch achtet gut auf die Stufen! Der Gang ist sehr alt und das Wasser macht ihn brüchig!« Schon wurde das Licht wieder schwächer und die Flamme kleiner, bis sie als winziger Lichtpunkt in der Mauer verschwand.

Gertrud und Katharina fanden keine Worte, dem Geist zu danken. Völlig erstarrt blickten sie auf die Stelle, an der die Mauer das Licht verschluckt hatte.

Die Mutter schwieg. Sie schob den Flickkorb von sich weg und zog den gestopften Strumpf über die Hand. »So«, sagte sie, »der tut's noch eine Weile.«

Agnes und Lisbeth blickten sie erschrocken an. »Willst du damit sagen, dass du für heute aufhörst mit dem Erzählen?«

»Allerdings.«

Doch die beiden Mädchen gaben nicht so schnell

auf. »Ich hätt gern gewusst, ob Gertrud und Katharina den geheimen Gang gefunden haben und ob sie durch ihn aus dem Teufelsnest fliehen konnten«, wollte Agnes wissen.

»So einen Gang gibt's nicht«, mischte sich der Hannes ein. »Das Flussbett besteht aus lockerem Kies. Die Steine sind ständig in Bewegung. Das hält kein Tunnel aus.«

»Wenn man ihn gut befestigt vielleicht schon«, gab ihm der Vater zu bedenken. »Von der Burg Harmating soll es ebenfalls einen unterirdischen Gang nach Eurasburg hinüber geben.«

»Wie's weitergeht, erfahrt ihr beim nächsten Mal«, tröstete die Bäuerin ihre Zuhörer. Da mussten die Kinder einsehen, dass ihr Drängen vergeblich war.

Am nächsten Tag kam die Base mit ihren Kindern auf Besuch. Sie blieben über Nacht und kehrten erst am darauf folgenden Tag nach Hause zurück. Doch am übernächsten Tag war es dann wieder so weit.

»Bring mir den Flickkorb!«, bat die Mutter nach dem Nachtmahl Lisbeth. »Beim Strümpfestopfen erzählt es sich gut. Vielleicht sind dann alle Strümpfe gestopft, bis ich die Geschichte fertig erzählt habe.«

Gertrud und Katharina brauchten eine ganze Weile, bis sie wieder sprechen konnten.

Die Kammerfrau fasste sich zuerst. »Die Fackel!«, rief sie erschrocken. »Wenn sie verlöscht, sitzen wir im Dunkeln!« Das Mädchen ergriff den glimmenden Span und blies und blies. Wenn es müde wurde, löste es Gertrud ab. Schließlich glimmte der Funken auf. Ein kleines Flämmchen flackerte hoch. Der Kienspan brannte.

Als ob sie es miteinander abgesprochen hätten, sprangen beide hoch und hielten das Licht auf die Stelle in der Mauer, auf die der Geist gezeigt hatte.

»Kannst du mir leuchten?« Das Mädchen kniete sich auf den Boden und untersuchte die Steine.

»Sie sitzen nur locker«, rief sie. »Man kann sie nach hinten verschieben!«

Mit vereinten Kräften drückten sie, stemmten ihr Gewicht gegen einen losen Brocken und verschoben ihn um die Breite eines Fingers, dann um die einer Hand. Schließlich rutschte der Stein wie von allein nach hinten und polterte abwärts. Ein Luftzug blies ihnen entgegen. Die Fackel loderte auf. Der Rauch brannte ihnen in den Augen. Katharina fuhr mit der Hand durch das Loch und holte die anderen Steine nach innen. Bald hatten sie einen niederen Durchschlupf freigelegt.

»Das ist der Geheimgang«, murmelte die Alte. »Den haben vor vielen hundert Jahren die Besitzer der Burg als Fluchtweg angelegt. Doch der schwarze Ritter ist nicht hier geboren. Woher sollte er von ihm wissen? Es ist der einzige Weg nach draußen, wenn die Burg belagert wird. Der Herrin hat es ihr Vater erzählt. Komm Katharina, lass uns nicht zögern!«

Das gelenkige Mädchen kroch als Erste durch die Öffnung. Es ertastete mit seinen Fingern die Kante der ersten Stufe und drehte sich um. Dann nahm es der Kammerfrau den brennenden Kienspan ab.

»Es wird besser sein, wenn wir alle Fackeln mitnehmen, die uns Wenzel dagelassen hat. Der Weg zur Eurasburg ist lang.« Sie schob die anderen Kienspäne durch das Loch. »Wer weiß, wie lange es dauern wird, bis wir wieder ans Tageslicht kommen.«

Vor ihnen führte eine steile Treppe in die Tiefe. Ihre Stufen waren ausgetreten, einmal hoch, dann nieder, uneben, ausgewaschen und lückenhaft. Nur gebückt konnten sie gehen und ab und zu mussten sie sich niedersetzen und Stufe für Stufe abwärts rutschen. Der Gang war schmal. Von der Decke rieselte Wasser. Katharina wurde beklommen zumute. »Ich hab Angst«, flüsterte sie. »Es ist so dunkel.«

Das flackernde Licht ließ ihre Schatten geisterhaft über die Wände huschen.

»Wenn die Herrin uns diesen Weg gezeigt hat, wird es schon richtig sein«, tröstete sie die Kammerfrau und übernahm die Führung. Ihre Zuversicht tat dem Mädchen gut.

Auf einmal krachte es hinter ihnen. Es polterte. Stein schlug auf Stein. Felsbrocken kollerten hinter den Fliehenden her. Das Getöse brach sich an den Wänden, überholte sie, verstärkte sich und kam wie ein Echo zurück. Es schien, als stürze nicht nur die Burg, sondern der ganze Berg über ihnen zusammen.

»Gertrud!«, schrie das Mädchen. »Was ist das?«

»Komm weiter«, rief Gertrud ihm zu. »Bleib nicht stehen! Und schau nicht zurück! Hinter uns bricht die Decke ein!«

»Um Gottes willen, dann ist uns ja der Rückweg versperrt!«

»Ja, willst du denn zurück ins Teufelsnest?«, schimpfte die Kammerfrau. »Willst zurück zu diesem schrecklichen Räuber? Dass der Zugang versperrt ist, kann nur unser Vorteil sein. Er hält die Verfolger davon ab, uns einzuholen.« Katharina sah das ein.

Bevor der Kienspan völlig niedergebrannt war, zündeten sie an ihm einen neuen an. Unendlich lang war die Treppe. Sie führte irgendwo ins Dunkle hinein. Wenn es nicht so kalt und feucht gewesen wäre, hätte Katharina angenommen, sie brächte sie auf direktem Weg in die Unterwelt und von dort aus wäre es nicht weit bis in die Hölle.

Ab und zu blieb die Alte vor ihr stehen, um sich ein wenig zu erholen. Ihr tat der Rücken weh. Auch die Luft wurde immer schlechter, je tiefer sie in die Erde stiegen. Es roch nach Schimmel und Moder.

»Es ist der Hang«, erklärte Gertrud. »Die Burg steht hoch über der Isar. Die Treppe bringt uns bis unter die beiden Mühlen und von da noch weiter bis tief unter das Flussbett.«

Irgendwann, Katharina kam es wie eine halbe Ewigkeit vor, stolperten sie die letzte Stufe hinunter und patschten mit den Füßen ins Wasser. Nach wenigen Schritten hörten sie über sich ein Rauschen und das Kollern von Kieselsteinen, zugleich stieg ihnen das Wasser bis zu den Knien.

»Gertrud, Gertrud!«, rief Katharina beklommen. »Das Wasser geht mir schon bis zum Bauch!«

»Pass auf, dass die Kienspäne trocken bleiben! Alles andere ist gleich.«

Unverdrossen stapfte sie weiter und dem Mädchen blieb nichts anderes übrig, als ihr zu folgen. Bald musste sie die trockenen Späne hoch über ihren Kopf halten. Bald drückte ihr das Wasser auf die Brust. Doch dann begann es wieder zu sinken und sich bis zu ihren Knöcheln zurückzuziehen. Eine Bewegung ließ Katharina aufs Neue hochschrecken. Ein Tier huschte an ihr vorbei. Sie schrie laut auf.

»Das sind bloß Wasserratten«, erklärte ihr die Alte. »Die tun dir nichts. Gib mir einen neuen Span bitte, die Fackel geht ihrem Ende zu!«

»Jetzt müssten wir doch bald das andere Ufer erreicht haben.«

»Ich glaube, das haben wir schon«, sagte die Kammerfrau. »Doch das bedeutet nur, dass wir noch nicht ganz die Hälfte der gesamten Strecke hinter uns gebracht haben. Vor uns liegt noch der Hang am Westufer des Flusses, dann das Moor, in dem die Bauern ihren Torf für den Winter stechen und schließlich die Loisach, die mitten durch Wolfratshausen fließt und erst danach in die Isar mündet. Auf der anderen Seite der Loisach müsste es dann steil bergan gehen. Die Burg der Eurasburger befindet sich hoch oben.«

Die Loisach, Katharina hatte die Loisach vergessen, ein stilles Gewässer, das die Wildenten liebten. Es war noch weit bis zum Ende des Tunnels.

Sie liefen und liefen und es kam ihnen vor, als seien sie schon tagelang unterwegs. Katharina taten die

Füße weh. Die Haare hingen ihr in die Augen. Sie fror. Der Vorrat an frischen Kienspänen ging seinem Ende zu. Sie konnten sich keine Pause mehr erlauben. Dann war auf einmal, sie waren nicht sicher, ob es noch am östlichen oder schon am westlichen Ufer der Loisach war, der Gang vor ihnen eingestürzt. Ein Kieshaufen versperrte ihnen den Weg. Katharina suchte einen Durchschlupf, aber es war keiner zu sehen. Erschöpft und mutlos starrte sie den Haufen an und wünschte sich, sie könne zaubern und auf diese Weise erreichen, dass sich die Kieselsteine in Luft auflösten.

»Es hat keinen Zweck«, stöhnte Gertrud matt. »Wir müssen versuchen den Haufen irgendwie aus dem Weg zu räumen!« Sie begannen mit ihren Händen zu kratzen und zu schaufeln. Immer wieder rutschten neue Kieselsteine nach. Katharina hatte bald blutige Finger. Verzweifelt folgte sie dem Beispiel der Kammerfrau und arbeitete weiter. Allmählich wurde der Haufen kleiner.

»Mach langsam!«, mahnte sie Gertrud. »Sonst bricht die Decke ein!« Auch unter ihren Fingernägeln quoll Blut hervor. Vorsichtig schoben sie die lockeren Steine nach hinten und türmten hinter sich einen neuen Haufen auf, der die Decke stützte, bis eine schmale Öffnung entstand, durch die sie auf Knien rutschen konnten. Dahinter war der Gang wieder frei.

Das Atmen fiel ihnen schwer. Sie hockten sich einen

Augenblick hin, um sich auszuruhen, doch der letzte Kienspan ging seinem Ende zu. Sie mussten weiter, setzten mechanisch Fuß vor Fuß. Das Licht der Fackel wurde schwächer, glühte bald nur noch und ging schließlich aus. Um Gertrud und Katharina herum war es auf einmal finster. Sie fühlten sich der Dunkelheit ausgeliefert, spürten, wie sie die Finsternis mit ihren Krallen packte und ihnen die Brust zusammenpresste.

»Angst, ich habe Angst«, jammerte Katharina. »Ich will nicht mehr weiter, will lieber hier sterben. Geh allein, ohne mich! Ich bleibe hier.« Grauenhafte Vorstellungen lähmten sie. Erdgeister griffen nach ihr und zerrten an ihren Haaren. Kleine Teufel zwickten sie in die Beine.

Doch die Kammerfrau ließ sich nicht so schnell unterkriegen. »Auf, auf, Katharina!«, sagte sie barsch. »Du bist jung und hast das Leben noch vor dir. Dieser Tunnel ist ja kein Labyrinth, in dem man sich verlaufen kann. Er endet im Keller der Eurasburg. Denk an was Schönes, an eine Wiese voller Blumen, an kleine Enten, an den majestätischen Reiher und wie sein Gefieder in der Sonne glänzt oder die lustigen Wasseramseln, die sich ihr Futter vom Grund des Flusses heraufholen. Es kann nicht mehr weit sein. Der Gang führt nach oben.«

Da fiel dem Mädchen Paolo ein. Sie erinnerte sich daran, wie er ihr beigebracht hatte auf der Laute zu spielen, wie glücklich sie gewesen war, wenn sie in die Saiten griff und dazu sang. Der Venezianer hatte sie sicher längst wieder vergessen. War sie nicht nur ein einfaches Bauernmädchen und er ein reicher venezianischer Kaufmann? Ohne weiter zu überlegen, begann sie ein Lied zu singen. Die ersten Töne klangen noch etwas krächzend und zittrig. Sie musste sich räuspern. Doch dann wurde ihre Stimme fester. Sie sang »Reite, mein Reiter ...«, »Fein Mägdelein klein, komm tanz mit mir ...«, »Schlafe mein Kindchen« und alles, was ihr sonst noch einfiel. Gertrud summte dazu oder fiel bei einem Refrain mit ein. So tapsten sie unverdrossen weiter, durchstießen mit ihren Körpern die Dunkelheit, tasteten sich mit den Händen an der Wand entlang und ließen sich auch nicht von den Spinnweben stören, die über ihre Gesichter streiften.

Dann standen sie auf einmal wieder vor einer Wand aus Mauersteinen.

»Ich glaube, wir sind da«, rief die Alte. »Wir haben es geschafft!«

Katharina tastete mit ihren Fingerkuppen die Mauer ab und suchte nach Ritzen, in die sie greifen und die Steine bewegen könnte. In halber Höhe fand sie einen losen Brocken und schob ihn nach hinten. Er polterte auf der anderen Seite zu Boden. Der Geruch von gärenden Trauben stieg ihnen in die Nasen. Der Weinkeller. Sie waren im Weinkeller der Burg gelandet.

»Hallo!«, schrie Katharina durch das Loch. »Ist da wer?« Ihre Stimme war durch das Singen wieder lauter und kräftiger geworden. Von weit hinten näherte sich ein Licht.

»Ist da jemand, der uns helfen kann?« Das Licht näherte sich. In seinem Schein war ein alter Mann zu erkennen. »Wer schreit denn da herum?« Seine Stimme klang griesgrämig und so, als habe man ihn im Schlaf gestört.

»Eine alte Frau und ein Kind«, erklärte ihm die Kammerfrau über Katharinas Schulter hinweg. »Wir kommen vom Teufelsnest, der Burg des Ritters von Rampertshofen.«

»Um Gottes und aller Heiligen willen«, rief der alte Mann erschrocken. »Von diesem Räuber und Tunichtgut, diesem Wegelagerer und Halunken, und ihr seid in dem unterirdischen Tunnel, von dem uns die Alten berichteten, unter den beiden Flüssen bis hier gelaufen?«

»Wir sind vor ihm geflohen«, sagte das Mädchen. Der Kellermeister half ihm, so viele Steine aus der Wand zu lösen, dass sie durchschlüpfen konnten.

»Das muss ich gleich dem Herrn Grafen melden«, sagte er. »Es hat sich schon herumgesprochen, dass der Rampertshofener ein Mädchen entführt und zur Strafe, weil sie nicht tat, was er von ihr verlangte, in sein Burgverlies geworfen hat.«

Als der Graf von der Ankunft Gertruds und Katharinas erfuhr, befahl er, dass man ihnen ein Bad herrichten sollte und natürlich auch neue Kleider. Eine Dienerin half ihnen beim Zöpfeflechten und salbte ihnen die zerschundenen Hände und Füße. Danach erstatteten sie dem Grafen Bericht. Sie erzählten ihm alles haarklein, warum der Ritter Katharina ins Verlies geworfen hatte, und wie es kam, dass Gertrud am nächsten Tag zu ihr gesperrt wurde. Nur den Geist der Mechthild von Rampertshofen erwähnten sie nicht, weil sie befürchteten, er hielte sie dann für verrückt.

Nachdem der Graf sie angehört hatte, schickte er einen Boten ins Wirtshaus »Zur Linde«. Er ließ Katharinas Tante ausrichten, dass sich ihre Nichte zusammen mit einer alten Kammerfrau durch einen Geheimgang aus dem Verlies der Burg Teufelsnest selbst gerettet hatte, dass er es zu ihrer Sicherheit aber für richtig hielte, sie blieben noch eine Weile in seiner Burg. Katharina bäte die Tante deshalb, dem Boten auf dem Rückweg die Laute mitzugeben, die ihr ein venezianischer Kaufmann geschenkt hatte, weil sie die Zeit dazu benützen wollte, um zu üben.

Danach benachrichtigte der Graf noch alle übrigen Herren auf ihren Burgen im Isartal.

»Das Maß ist voll!«, ließ er ihnen ausrichten. »Wir müssen diesen Raubritter fangen und nach München bringen, damit man ihm dort den Prozess macht. Das Teufelsnest muss zerstört werden, damit sich niemals mehr jemand dort einnisten kann!«

Die Moserbäuerin schob den Flickkorb nach hinten. Sie hob den Strumpf, den sie gerade gestopft hatte, in die Höhe, streifte ihn über die gespreizte Hand und betrachtete ihn gegen das Licht.

»Gut«, sagte sie. »Der ist jetzt auch in Ordnung.« Im Herd knisterten Holzscheite im Feuer. Heftige Windstöße rüttelten an den Dachbalken.

»Sag mal«, fragte der Bauer, »hat irgendwer einmal nach diesem Tunnel gesucht?«

»Nicht einer, sondern viele haben nach ihm gegraben, weil sie hofften, dass in ihm vielleicht ein Schatz verborgen sein könnte. Aber er war damals schon uralt. Niemand wusste, wer ihn gebaut hatte. Viele Hochwasser hat's seither gegeben und die Isar hat ihr Flussbett ständig verändert. Irgendwann hat der Tunnel den Fluten vermutlich nicht mehr standgehalten. Die starke Strömung hat dann die Zerstörung vollendet, indem sie Steine und Stützbalken fortschwemmte. Immer wieder haben Leute nach einem Zugang gesucht, vor allem in Eurasburg drüben. Doch alles, was sie fanden, war ein alter, halb zusammengefallener Weinkeller.«

Die Resi stand auf und verließ die Küche. »Gute Nacht«, wünschte sie dem Bauern und seiner Familie. Die Bäuerin musste ihr versprechen die Geschichte bald fortzusetzen. Auch der Hannes und seine Schwestern gingen zu Bett.

»Puh«, seufzte Lisbeth. »Bin ich froh nicht durch so

einen Tunnel gehen zu müssen. Ich finde, Katharina war schon ein besonders tapferes Mädchen!«

»Und Gertrud eine mutige Frau«, fügte Agnes hinzu.

Wenige Tage später, an einem Sonntag, hockten sie alle am Tisch vor dem Haus, tranken Kaffee und aßen köstlichen Apfelkuchen.

»Erzähl weiter!«, bettelten die Kinder bei der Moserbäuerin. »Bitte, bitte!«

»Wir haben nicht lange Zeit«, sagte der Vater. »Wenn die Kühe anfangen zu muhen, müssen wir in den Stall.«

»Ja, ja«, maulte Agnes. »Aber ein bisschen kann die Mutter doch weitererzählen!«

»Na gut«, lenkte der Bauer ein. »Ein bisschen …« Er lächelte. Die Mutter fuhr mit ihrer Geschichte fort.

Die Lindenwirtin in Wolfratshausen fragte jeden Gast, ob er wüsste, wie man dem Ziehbrunnen der Burg Teufelsnest das Wasser entziehen könnte. Aber niemand konnte ihr einen Rat geben.

»Man könnte das Wasser ja auch vergiften!«, schlug ein Stammgast vor. »Dann wären alle auf einmal tot.«

»Dazu müsstest du in die Burg hineinkommen«, hielt ihm eine anderer entgegen. »Wie denkst du dir das? Willst du dich heimlich durchs Burgtor schleichen? Dort ist fast immer das Fallgitter unten. Oder willst du über die Mauer klettern und dann über den Wehrgang hinunter bis in den Hof, der von den Hunden bewacht wird?«

»Das geht nicht. Das bringt niemand fertig. Und

derjenige, der es schafft, muss ja auch wieder hinaus«, mischte sich ein dritter Gast ins Gespräch.

Sie hockten am Tisch hinter ihrem Bier und überlegten.

Auf einmal sprang ein junger Mann auf. »Ich wüsste etwas!«, rief er. »Das Wasser kommt doch aus dem Hang, der zur Isar hin abfällt. Es wird Grundwasser sein, das sich auf einer undurchlässigen weißen Erdschicht sammelt. Wenn man in diese Schicht ein Loch gräbt, fließt das Wasser zur Isar hin ab und der Brunnen trocknet aus.«

»Wenn man genau weiß, wo man graben muss, könnte das gehen!«, murmelte sein Nachbar. Sie berieten hin und her. Unterhalb und seitlich der Burg quollen an vielen Stellen kleine Rinnsale aus dem Hang. Der Ziehbrunnen musste jedoch in einer Vertiefung der weißen Erdschicht enden, in der sich das Wasser sammelte.

»Dann müsste man diese Mulde möglichst an der tiefsten Stelle anstechen«, sagte einer der Männer sachkundig. »Wenn sie zur Isar hinunter ausgeflossen ist, ziehen die Burgleute nur noch leere Kübel nach oben.«

»Der Einzige, der Genaueres darüber wissen könnte, ist der alte Lois«, brummte ein anderer Gast in seinen Bart und zündete sich dabei eine Pfeife an. »Der Lois ist ein erfahrener Wünschelrutengänger, der kennt sich mit so etwas aus, findet überall Wasser, auch dort, wo es niemand vermutet. Aber er ist ein schwieriger alter Mann geworden, seit seine Frau tot ist und die Kinder wegzogen. Er ist ein wortkarger Einsiedler, der seine Hütte im Wald nur selten verlässt, weil die Gicht in seinen Knochen wütet und ihm das Gehen schwer macht.«

»Ich werd's versuchen.« Neue Hoffnung durchströmte die Lindenwirtin. »Vielleicht kann ich sein Herz erweichen.« Sie ließ sich den Weg zu der Hütte des Einsiedlers genau beschreiben.

»Du gehst auf dem Pfad, den die Flößer auf ihrem Heimweg benützen, am rechten Ufer der Isar entlang durch den Auwald nach Süden. Wenn du den gemauerten Ofen erreichst, in dem die Männer Flusskiesel zu Kalk brennen, wendest du dich nach links dem steilen Hang zu, den vor langer Zeit ein riesiger Gletscher dort angehäuft hat. Heute ist er bewaldet. Ein Stück weiter vorn führt ein schmaler Steig nach oben, doch kurz bevor er die Höhe erreicht, biegt rechts von ihm ein Pfad ab, der bei der Hütte des alten Einsiedlers endet.«

Die Lindenwirtin bedankte sich für die Beschreibung. Sie machte sich gleich am nächsten Morgen auf den Weg und nahm eine warme Decke und ein Töpfchen Salbe als Geschenk für den Alten mit.

Es war ein kühler windiger Herbsttag. Der Himmel war klar und an den Bergen am Horizont waren jede kleine Felsspalte, jeder Absturz und jede Rinne gut zu erkennen. Bis zu dem Kalkofen war der Weg leicht, doch der Steig war glitschig und die Steigung machte ihr das Atmen schwer. Ab und zu musste sie stehen bleiben, um sich ein wenig auszuruhen. Als weiter hinten im Wald ein Eichelhäher schrie, schrak sie zusammen. Sie bog in den Pfad ein, der an ihrer rechten Seite abzweigte. Er führte auf gleicher Höhe den Hang entlang und würde sie zur Hütte des Einsiedlers bringen. Dieser Pfad war wenig begangen. Er wuchs allmählich zu. Zweige streiften ihr Gesicht. Die Lindenwirtin fragte sich, ob der alte Mann überhaupt noch am Leben sei. Sie hielt den Kopf gesenkt, um den herabhängenden Zweigen auszuweichen und nicht zu stolpern.

Einmal sah sie auf, weil sie glaubte ein eigenartiges Klopfen gehört zu haben. Es klang nicht wie das Knacken eines Astes und auch nicht wie das Hämmern eines Spechtes. Es klang mehr wie das Klopfen eines knorrigen Stocks auf einen hohlen Stamm. Es dauerte eine Weile, bis sie die Ursache entdeckte. Mitten auf dem Pfad stand ein alter Mann und versperrte ihr den Weg. Er war grau, knorrig, sein Gesicht und die zerrissene Kleidung glichen der Rinde einer alten Eiche. Sie hätte ihn beinahe mit einem Baumstamm verwechselt.

»Was suchst du hier?«, fuhr sie der Alte an. »Scher dich zum Teufel!«

»Bist du der Lois?«, fragte ihn die Lindenwirtin

und machte keine Anstalten den Befehl des alten Mannes ernst zu nehmen. »Bist du der, von dem die Leute sagen, er sei der beste Wünschelrutengänger weit und breit? Einer, der jede versteckte Quelle, jedes Rinnsal, jeden kleinen Bach hier kennt oder mit seiner Rute aufspüren kann? Wenn du das bist, dann bist du auch der, den ich suche.«

»Und was willst du wissen?«

Katharinas Tante erklärte ihm ihr Anliegen. »Wir müssen die Mulde finden, aus der die Leute auf der Burg ihr Wasser schöpfen«, sagte sie. »Wenn es uns gelingt, ihren Brunnen trockenzulegen, sind sie vor lauter Durst bald so geschwächt, dass sie einem Angriff kaum noch Widerstand leisten können.«

Wortlos drehte sich der Alte um und folgte dem Pfad bis zu seiner Hütte. Stumm lief die Lindenwirtin hinter ihm her.

Besser, er sagt gar nichts, als dass er meine Bitte ablehnt, überlegte sie und betrachtete seinen gebeugten Rücken und die von Gichtknoten entstellte Hand, die den knorrigen Stock umklammerte. Auch die Hütte war kaum auszumachen. An den Schmalseiten stützten sie zwei kräftige Äste, damit sie nicht zusammenfiel. Die Wände bestanden aus unbehauenen Fichtenstämmen. Das Dach war mit Gras gedeckt. Aus einem Loch in der Mitte quoll Rauch. Ächzend ließ sich der Einsiedler auf einem neben dem Eingang liegenden alten Wurzelstock nieder.

»Man erzählt sich, du hättest Schmerzen in den Gelenken«, sagte die Lindenwirtin voller Mitleid, als sie sah, wie schwer ihm jede Bewegung fiel. Sie holte das Gefäß mit der Salbe aus ihrem Sack und reichte es ihm. »Hirschtalg von einem im Herbst erlegten Hirsch und etwas Murmeltierfett, vermengt mit gemahlenen Wurzeln des Beinwells, die ich bei Vollmond am Rand der Sumpfwiesen ausgrub, dazu eine Prise Pulver aus den Wurzeln des Salomonsiegels. Alles miteinander vermengt und aufgekocht ergibt eine heilkräftige Salbe gegen Schmerzen in den Gelenken.« Sie legte ihm die warme Decke über die Knie.

Der Einsiedler konnte nicht verbergen, dass ihm die Fürsorge der Lindenwirtin gut tat. Es war schon lange her, dass sich jemand um ihn gekümmert hatte. Alle wollten nur etwas von ihm. Er solle ihnen eine Quelle suchen, um eine Viehtränke anzulegen oder um einen neuen Brunnen zu bauen. Er solle den Verlauf der Wasseradern unter ihrer neu gebauten Hütte aufspüren, damit sie ihre Schlafstellen nicht gerade über einem unterirdischen Fluss errichten würden. Auch im Stall war es gut zu wissen, wie die Wasseradern verliefen, weil man damit Krankheiten vorbeugen und Unglück verhindern konnte. Kaum einer fragte danach, wie es ihm ging oder ob er etwas brauchte.

Er sah die Lindenwirtin fragend an. »Und was kann ich für dich tun?«

»Wir wollen dem Rampertshofener das Wasser abgraben«, erklärte sie ihm, »damit der Durst ihn schwächt, wenn er belagert wird. Danach können die anderen leichter seine Burg erstürmen.«

»Welche ›anderen‹?«, fragte der Lois.

»Die anderen Burgherren aus dem Isartal. Vielleicht beteiligt sich auch der Herzog mit einer kleinen Heerschar!«

»Das ist gut«, erwiderte der Lois. »Den Rampertshofener soll der Henker holen. Er ist ein Teufel in seinem Teufelsnest.«

»Dazu gehört, dass wir zuerst seinen Brunnen versiegen lassen müssen«, sagte die Wirtin. »Und das kannst nur du und niemand anderer.«

Der Einsiedler versprach ihr sein Möglichstes zu

tun und ihr eine Nachricht zukommen zu lassen, wenn er die Stelle gefunden habe. Damit gab sich die Lindenwirtin zufrieden. In der Hoffnung bald etwas von ihm zu hören, kehrte sie heim.

Gleich am nächsten Morgen stieg der Alte zum Fluss hinunter und brach sich frische Weidenzweige. Noch an Ort und Stelle schnitt er sie zurecht. Sie mussten eine Astgabelung haben, nicht zu dick und nicht zu dünn, deren Enden er mit seinen Händen gut umspannen konnte. Dort, wo die beiden Enden zusammenliefen, durfte der Ast nicht zu stark sein. Er musste sich biegen können und ihm damit anzeigen, wo es Wasser gab. Je stärker er sich bog, umso mehr Wasser würde man dort finden. Der alte Mann suchte lange, bis er mehrere Äste gefunden und zurechtgeschnitten hatte. Danach machte er sich auf den Weg nach Einöd. Noch bevor er die beiden Mühlen erreichte, bog er in die erste Schlucht ein, die dem Ritter als Fluchtweg diente. Er folgte ihr, bis er die hohe Burgmauer durch die Stämme schimmern sah und querte dann den Hang nach rechts hinüber. Der Boden fiel hier besonders steil ab. Manchmal gab ihm ein Wurzelstock oder ein umgestürzter Baum etwas Halt. Manchmal stolperte er, fiel hin und konnte sich gerade noch an einem herunterhängenden Ast festhalten, sonst wäre er abgestürzt.

Die Mulde, in der sich das Wasser für den Brunnen sammelt, muss sich unmittelbar unterhalb der Burg befinden, überlegte der Alte, genau zwischen den beiden Schluchten. Sonst könnten die Männer des Ritters nicht ihren Kübel in die Tiefe lassen und ihn dort füllen. Wenn er die Falllinie unterhalb des Burghofs erreichte, musste er ihr mit seiner Rute senkrecht nach unten folgen. Die weiße Erdschicht, die das Wasser daran hinderte abzufließen, konnte er von außen nicht sehen. Sie wurde vom Waldboden verdeckt. Aber seine Rute würde ihm zeigen, wo sie sich befand und wo die Männer graben mussten.

Der Alte begann den Abstieg mit der Rute in den Händen. Er hielt sie vor sich, die Handrücken nach unten, Daumen und Zeigefinger nach vorne. Es war wie immer: Durch die Rute spürte er tief in die Erde hinein. In der Astgabelung vereinigte sich die Empfindsamkeit seiner Hände. Ohne mit der Rute die Erdoberfläche zu berühren, hatte er die Gabe verborgenes Wasser im Boden zu finden.

Deshalb hatte er keine Hand frei, um sich irgendwo festzuhalten. Auch auf seinen Stock musste er verzichten. Er stolperte abwärts und rannte gegen Bäume. Ab und zu schlug die Rute vor ihm nach unten aus, doch seine Erfahrung sagte ihm, dass das zu wenig und nicht die richtige Stelle war, die er suchte.

Dann, im unteren Drittel des Hangs, nicht weit von den Mühlen entfernt, zog ihn auf einmal eine unsichtbare Kraft nach vorne. Die Rute bog sich so stark nach unten, dass seine Hände sie loslassen mussten. Er stürzte zu Boden.

Das war es. Dort mussten die Männer einen Stollen graben. Wenn die Mulde erst einmal leer gelaufen war, konnten die Knechte des Ritters so oft den Kübel herablassen, wie sie wollten. Sie zögen ihn leer wieder nach oben.

Mit blutender Nase raffte sich der Alte wieder auf und markierte die Stelle, indem er mit seinem Messer Kerben in die umliegenden Stämme schnitt. Verband man die Kerben mit Schnüren, zeigte der Punkt, an dem sie sich kreuzten, den Platz, an dem sie ihre Spaten ansetzen mussten. Vermutlich mussten sie lange graben, um den Grund der Mulde zu erreichen und dem Wasser so einen Abfluss zu schaffen. Aber das war nicht mehr seine Sorge, das war die Sorge der anderen.

Der alte Lois brauchte lange bis zu den Mühlen hinunter. Völlig erschöpft, zerkratzt und schlammbedeckt tauchte er dort auf und bat einen der beiden Müller einen Boten nach Nantwein zu schicken und der Wirtin Bescheid zu geben.

»Das kannst du gleich selbst tun«, erklärte ihm der Müller und musterte ihn erstaunt von Kopf bis Fuß. »In Kürze legt ein Floß hier an. Mit dem kannst du mitfahren und deine Botschaft persönlich überbringen!«

So fuhr der Einsiedler selbst bis nach Wolfratshausen und überbrachte der Lindenwirtin die Nachricht, dass er die Stelle gefunden hatte, an der gegraben werden musste. Hocherfreut ließ sie ihm einen Bottich mit heißem Wasser herrichten, in dem er sich waschen konnte. Sie legte ihm Kleider von ihrem verstorbenen Mann hin und stellte ihm Schinken, Käse und Brot sowie ein Maß Bier auf den Tisch. Dann bat sie einige Männer an der von dem Rutengänger angegebenen Stelle zu graben und versprach ihnen ein Fass Bier dafür und eine gute Mahlzeit dazu. Der Mathias, sein Bruder Sepp, der Girgl und sein Sohn Valentin machten sich gleich am nächsten Morgen mit Pickel, Hacken, Spaten und einer Lampe bewaffnet auf den Weg nach Einöd. Sie waren allesamt stark und an harte Arbeit gewöhnt. Während des Winters arbeiteten sie im Holz und im Sommer halfen sie den Bauern bei der Ernte.

Rasch fanden sie die von dem Einsiedler markierte Stelle.

»Einen Stollen sollen wir in den Berg treiben, schräg hangaufwärts, bis wir den gemauerten Schacht erreichen, durch den die Knechte des Ritters das Wasser heraufholen«, sagte der Sepp. »So hat es der Lois uns erklärt.«

»Und wenn wir den Schacht erreichen, müssen wir senkrecht nach unten die weiße Erdschicht durchlöchern, damit das Wasser abfließen kann«, ergänzte Mathias.

Die Arbeit war hart. Sie hackten, gruben, schaufelten, trugen die Erde in Körben nach draußen, schleppten Holz herbei, um den Stollen abzustützen, standen bis zu den Waden im Wasser, schwitzten und legten nur wenige Pausen ein. Vor dem Eingang des Stollens sah es bald aus wie vor einem riesigen Dachsbau. Dann stieg ihnen das Wasser auf einmal bis zu den Hüften, aber sie waren noch immer nicht auf den Brunnenschacht gestoßen.

Drei Tage arbeiteten sie von morgens bis abends. Sie wurden mutlos.

»Wisst ihr was«, schlug Valentin den anderen vor. »Was soll's, graben wir doch einfach nach unten! Wenn sich das Wasser aus dem unterirdischen Becken entleert, genügt das doch auch.« Bis auf den Sepp waren alle damit einverstanden. »Wir können dann aber nicht mit Sicherheit sagen, ob das die tiefste Stelle ist.«

»Das werden wir sehen.«

Sie hackten ein senkrechtes Loch in die weiße Lehmschicht. Es war mühsam, denn der Boden war schwer, seit Jahrtausenden übereinander gepresst. Immer nur einer hatte genug Platz zum Hacken. Und der stand im Wasser.

Auf einmal seufzte der Boden unter ihnen. Ein kleiner Wirbel entstand. Der Wirbel wurde größer. Das Wasser lief ab.

An diesem Abend betranken sie sich bei dem Müller. Ein Bier nach dem anderen schleppte die Müllerin an ihren Tisch und Speck und Brot und Käse und Eier. Am nächsten Morgen war der Stollen trocken. Bis zu seinem toten Ende war er das.

»Wir können nur hoffen, dass alles abgeflossen ist«, sagten sie zueinander.

»Hoffen und beten.«

Die Moserbäuerin stand auf.

»Na und, war es die richtige Stelle?«, fragte der Hannes voller Anerkennung für die Leistung der Männer. »Das muss harte Arbeit gewesen sein.«

»Das erfahrt ihr beim nächsten Mal«, erwiderte die Mutter. »Für heute ist's genug. Ich bin schon ganz heiser.«

»Dagegen hilft ein Gläschen Wacholderschnaps«, sagte der Bauer.

»Ich bin auch ganz heiser vom Zuhören.« Der Hannes grinste.

Es waren drei Gläser. »Du bekommst keines«, sagte die Bäuerin zu ihrem Sohn. »Das ist nicht gut für dich. Das dritte Glas ist für die Resi. Sie ist viel zu bescheiden, um zuzugeben, dass sie Wacholderschnaps besonders schätzt.«

Während die Kinder ihre Lager aufsuchten, blieben die anderen noch eine Weile am Küchentisch sitzen und tranken in kleinen Schlucken ihre Gläschen leer.

»Mein Gott bin ich gespannt drauf, wie's weitergeht!«, seufzte die Resi.

Aber sie musste fast eine halbe Woche warten, bis die Bäuerin wieder Zeit fand die Geschichte weiterzuerzählen.

Auf der Burg war die Arbeit an dem Stollen unentdeckt geblieben. Von den beiden Schluchten aus war die Stelle nicht einzusehen. Auch die Müller vernahmen nichts durch das Geklapper ihrer Mühlräder. Dass sich die vier Männer bei ihnen ihre Brotzeit holten und um die Erlaubnis baten in einer Scheune zu übernachten, war nicht besonders bemerkenswert. Es kam oft vor, dass Holzfäller oder Floßknechte bei ihnen einkehrten. Das gehörte zu ihrem Alltag.

Es war Herbst. Viele Tage hatte es geregnet. Dann vertrieb der Wind die Wolken, die Sonne kam heraus. Der Himmel war klar und schön. Gelbe Buchenblätter taumelten durch die Luft und legten sich auf die Dächer. Der Wind machte keinen Unterschied zwischen den Dächern der einfachen Bauernhütten und den Zinnen der Burg. Er fegte sie überallhin.

In diesen Tagen ritt der Rampertshofener viel auf die Jagd. Manchmal begleitete ihn Wenzel mit einem Falken, ein anderes Mal Simon, der die Armbrust und den Köcher mit den Pfeilen trug. Wenzel war sehr erschrocken, als er die Flucht Katharinas und Gertruds entdeckte. Er hatte die Stelle in der Mauer besichtigt, durch die die beiden Frauen geflüchtet sein mussten. Die Trümmer des Tunnels hatten ihm den Weg versperrt und er musste die Vergeblichkeit einer Verfolgung einsehen.

Da der Ritter nicht nach den Gefangenen fragte, hatte er ihm auch nichts erzählt. Er würde noch früh genug erfahren, dass die eingesperrten Vögel ausgeflogen waren. Was sich dann über seinem Kopf zusammenbrauen würde, konnte Wenzel sich gut vorstellen.

Eines Morgens weckte Simon den Rampertshofener zu ungewöhnlicher Zeit. »Das Wasser«, keuchte er, »im Brunnen ist kein Wasser mehr. Ich kann den Kübel so oft herunterlassen, wie ich will, er ist immer leer, wenn ich ihn heraufziehe.«

»Zum Satan!«, fluchte der Ritter und sprang hoch. »Dann muss eben einer von euch hinunter und nachsehen, was da los ist!«

»Aber das Seil ist zu schwach, um einen von uns zu tragen«, gab ihm Simon zu bedenken.

»Dann schafft andere Seile herbei«, brüllte der Rampertshofener wütend und raufte sich den Bart. »Knüpft sie aneinander und gebt dem Mann eine Lampe mit, damit er uns melden kann, was da unten los ist! Am besten wird es sein, du machst es selbst!«

Darüber war Simon wenig erfreut. Sein Mut hatte Grenzen. Der Brunnen war sehr tief. Wer konnte schon sagen, ob dort unten nicht Geister hausten.

Doch was blieb ihm übrig, als dem Befehl seines Herrn Folge zu leisten? Zusammen mit Wenzel und den anderen Knechten machte sich Simon auf die Suche nach Seilen. Er würde jeden Meter brauchen. Sie suchten in Küche und Vorratskeller, im Pferdestall, im Gerümpel der Schuppen und in den Speichern der Wirtschaftsgebäude. Dann knüpfte er sämtliche Stücke aneinander und verankerte ein Ende an dem eisernen Ring in der Mitte des Brunnens, durch den gewöhnlich das Seil des Kübels lief, mit dem sie Wasser heraufholten.

»Gib mir einen Kienspan!«, bat er Wenzel. »Und bleib am Brunnenrand stehen! Wenn du meinen Ruf hörst, zieh mich wieder nach oben!« Er konnte seine Angst nur schlecht verbergen. Wenzel war froh, dass er nicht hinuntermusste.

Langsam ließ Simon sich mit dem brennenden Kienspan in der Hand abwärts gleiten. Er hoffte, dass das Seil bis zum Grund des Brunnens reichen würde. Es wurde finster um ihn herum. Das helle Brunnenloch über ihm wurde immer kleiner und kleiner. Ohne die Fackel wäre er der Finsternis ausgeliefert gewesen. Dann spürte er plötzlich festen Boden unter den Füßen, wo doch eigentlich Wasser sein müsste. Er leuchtete die Mauern ab, weil er hoffte eine Öffnung zu finden, durch die das Wasser geronnen sein könnte, einen herausgebrochenen Stein oder Ähnliches. Dann wäre es einfach, das Loch zuzustopfen. Aber er fand keines. Das Wasser war einfach versickert, unter der Mauer des Schachtes hindurch oder durch die Ritzen der Steine. Warum das so war, war unerklärlich.

»Hol mich hoch!«, schrie er nach oben. Wenzel rief die Knechte zusammen. Mit vereinten Kräften zogen sie den Simon wieder nach oben.

»Das Wasser ist weg«, meldete er dem Ritter.

»Was heißt das?« Schon kochte die Wut wieder in ihm hoch.

»Es ist wie verhext. Der Brunnen ist ausgetrocknet, doch der Schacht ist soviel ich erkennen konnte unversehrt.«

»Dann muss man ihn eben tiefer graben.«

»Nein!«, rief Simon entrüstet. »Ich bin Pferdeknecht. Nichts anderes. Wenn ihr den Brunnen tiefer graben wollt, schickt jemand anderen hinunter oder geht selbst!« Aber die anderen Knechte weigerten sich ebenfalls in den Brunnenschacht zu steigen. Der Ritter schickte Wenzel aus, um die lehenspflichtigen Bauern zusammenzutrommeln.

Nachdem der Falkner fortgeritten war, wurde es still in der Burg. Simon musste für seinen Herrn das allerletzte Weinfass anstechen, damit dieser seinen Durst mit Wein löschen konnte. Die anderen warteten darauf, dass Wenzel mit einigen Männern zurückkäme, die in den Brunnen stiegen.

Gegen Abend wurden die Pferde unruhig. Sie waren es gewöhnt, zweimal am Tag getränkt zu werden, doch seit gestern hatten sie nichts bekommen. Sie stampften auf den Boden und schlugen gegen die Wand.

»Geh mit den Pferden hinunter zum Fluss!«, befahl der Rampertshofener Simon. »Lass sie sich dort satt trinken und nimm die Hunde auch gleich mit!« Simon und zwei andere Knechte führten Pferde und Maultiere durch eine der Schluchten nach unten. Die Hunde liefen hinterher.

Kaum stieg dem Hengst des Ritters der Geruch von Wasser in die Nüstern, bäumte er sich auf und riss sich los. Alle anderen Tiere folgten ihm. Simon und den Knechten blieb nichts anderes übrig, als ihnen nachzulaufen. Der Rappe und mit ihm die anderen rasten zum Fluss, plantschten ins Wasser und soffen sich den Bauch voll. Als Simon sie einfangen wollte, fühlten sie sich ihm überlegen. Sie spürten, dass sie frei waren, und wollten diese Freiheit nicht wieder aufgeben. Immer wenn die Knechte sich ihnen zu nähern versuchten, kehrten sie ihnen die Kruppen zu, schlugen aus und rasten davon, bis sie schließlich im dichten Auwald verschwanden. So kehrte Simon nur mit den Hunden auf die Burg zurück. Er dankte Gott, dass der Rampertshofener in seiner Trunkenheit längst eingeschlafen war.

Inzwischen hatte sich unter den Bauern herumgesprochen, dass sich die Burgherren im Tal unter der Führung des Wolfratshauseners zusammenrotteten, um das Teufelsnest auszuräuchern. Keinem von ihnen lag etwas daran, im Burghof in den Brunnen zu steigen, um den Schacht zu vertiefen. Der eine schützte vor, er sei noch nicht mit der Ernte fertig, der andere, er habe sich ins Bein gehackt und der Dritte versteckte sich auf dem Heuspeicher und ließ seine Frau ausrichten, er sei im Wald unterwegs. Unverrichteter Dinge kehrten die Männer des Rampertshofeners wieder zum Teufelsnest zurück. Von nun an mussten sie Tag für Tag zu Fuß durch die Schlucht bis zum Fluss hinuntersteigen und das Wasser in Kübeln und Fässern zur Burg hochschleppen.

Die ersten Gruppen bewaffneter Söldner trafen in Wolfratshausen ein. Auf einer Wiese am Rand der Stadt schlugen sie ihre bunten Zelte auf und pflanzten ihre Fähnlein davor. Ihre Rüstungen blinkten in der Sonne und vor jedem Zelt steckte ein Wald von Lanzen und Hellebarden. Pferdewiehern und das helle Hämmern der Schmiede, die Schwerter und Dolche schärften, tönten über den Platz. Nach und nach eilten aus allen Himmelsrichtungen weitere Truppen herbei. Landsknechte aus Grünwald und eine Hundertschaft Soldaten, die der Bayernherzog geschickt hatte, bis an die Zähne bewaffnete Klosterknechte aus Beuerberg und Schäftlarn sowie Bauern, die sich darauf freuten, dass es dem Rampertshofener endlich an den Kragen gehen würde. Ihre Waffen waren Sensen, Sicheln und Gabeln. Richtig eingesetzt, konnten sie ebenso wirksam sein wie die Waffen der Ritter. Es herrschte emsige Betriebsamkeit. Knappen putzten die Rüstungen ihrer Herren, ritten die Pferde in die Schwemme, striegelten und bürsteten sie, bis ihre Kruppen glänzten. Sie polierten Sättel und Zaumzeuge, damit sie in der Sonne blitzten. Die bunten Decken, die man den Pferden überzog und auf denen die Wappen ihrer Herren aufgenäht waren, mussten gereinigt werden. Diejenigen, die sich langweilten, übten sich in Ritterspielen, führten Scheingefechte aus, versuchten mit einer Lanze einen Gegner aus dem Sattel zu werfen oder holten in rasendem Galopp einen Ring von einer Stange. Die Armbrustschützen veranstalteten ein Wettschießen auf einen hölzernen Vogel und die Bogenschützen ergänzten ihren Vorrat an Pfeilen. Wieder andere schlachteten Vieh und brieten es an Spießen über offenen Feuern. Alle konnten es kaum erwarten loszureiten, doch der Graf hatte befohlen, so lange hier auszuharren, bis die letzte Landsknechtsgruppe eingetroffen war.

Am Abend bevor es losging, feierten alle gemeinsam einen Feldgottesdienst. Sie baten Gott darum, dass ihr Feldzug siegreich werden würde und es ihnen gelänge, den Rampertshofener in Ketten zu legen. Dann könnten die Bauern wieder unbesorgt ihre Felder bewirtschaften und die Flößer könnten die Waren der Kaufleute, ohne einen Überfall befürchten zu müssen, nach München, Landshut oder Passau transportieren.

In der Frühe des darauf folgenden Morgens wurden die Söldner mit einem Fanfarensignal geweckt. Die Herren legten ihre Rüstungen an und bestiegen die bereits gesattelten Pferde. Fahnenträger und Trommler setzten sich an die Spitze jeder Landsknechtsgruppe. Den Schluss machten einige Ochsenkarren und eine kleine Herde Rinder, Schweine und Schafe, die den Männern als Nahrung dienen sollten. Auf ein erneutes Signal hin setzte sich der Zug in Bewegung.

Sie überquerten die Isar südlich der Floßlände. Der Fluss bestand an dieser Stelle wie fast überall aus einem Hauptarm und vielen Seitenarmen. Das Geschiebe ließ neue Inseln entstehen und die reißende Strömung alte verschwinden. Auch die Hauptströmung verlagerte sich immer wieder vom rechten zum linken Ufer. Daher war es nicht möglich, eine bestimmte Furt zu benützen. Einige erfahrene Fischer führten den Zug an. Sie kannten sich aus, wussten, dass Ochsenkarren einen flachen Einstieg benötigten. Den Fußsoldaten sollte das Wasser nur wenig über die Knie reichen, sodass sie es gut durchwaten konnten. Am leichtesten hatten es die Reiter. Ihre Pferde störte weder die Böschung noch der Zug der Strömung. Nur vor Stromschnellen scheuten sie zurück. Deshalb führten die Bauern das Heer nach dem Einstieg ein

Stück flussaufwärts bis zu einer Insel, später über eine Sandbank wieder flussabwärts und erst dann hinüber auf die andere Seite. Wohlbehalten erreichten alle das andere Ufer, wo sich das gesamte Heer ein kurzes Stück nach Osten weiterbewegte und dann erst nach Süden einschwenkte, um die Auwälder und Sumpfgebiete zu umgehen.

Tags zuvor hatte ein Junge der Lindenwirtin eine Botschaft des Wünschelrutengängers überbracht, der längst in seine Einsiedelei zurückgekehrt war. Lois hatte ihr ausrichten lassen, dass die Grabung der vier Männer offensichtlich erfolgreich gewesen wäre und dass den Knechten die Pferde weggelaufen waren, als man sie zum Tränken an den Fluss hinunterführte, was nichts anderes bedeuten konnte, als dass für die Tiere kein Wasser mehr da war.

Inzwischen musste der Simon die Stelle gefunden haben, an der sie den Stollen in den Hang gegraben hatten, aber er hatte wohl einsehen müssen, dass das Loch in der weißen Erdschicht nicht mehr zu stopfen sein würde.

Dies alles habe den Rampertshofener misstrauisch werden lassen, denn man habe beobachtet, dass er sich auf eine Verteidigung seiner Burg einrichtete, indem er die Wachen verstärkte, die auf den Wehrgängen postiert waren, und auf den Ecktürmen hatte er Kanonen aufstellen lassen. Abgesehen vom schrecklichen Heulen der Hunde sei es still geworden im Inneren der Burg. Immer noch holten die Knechte das Wasser unten am Fluss und schleppten es durch die Schlucht nach oben.

Als die Lindenwirtin diese Botschaft erhielt, rannte sie sofort zum Grafen und teilte ihm das eben Gehörte mit. Der Graf war hocherfreut über die Nachricht.

»Diesmal kriegen wir ihn«, sagte er voller Zuversicht. »Dieses Mal kommt er nicht ungeschoren davon.«

»Du hörst immer dann auf, wenn es gerade spannend wird«, beschwerte sich Agnes bei der Mutter, als diese aufstand.

»Die nächste Fortsetzung wird ziemlich lang und ich möchte euch sehen, wenn ich sie mitten im entscheidenden Kampf unterbrechen muss, weil ich ja nicht die ganze Nacht durcherzählen kann.« Der Wind heulte im Kamin und auf dem Speicher tapsten Katzenpfoten. Draußen schrie ein Käuzchen. Aus der Ferne antwortete ihm ein anderes.

»Kommt, geht jetzt ins Bett. Ich verspreche euch, dass ich die Geschichte bald fortsetzen werde.«

Der Hannes machte den Anfang. Ihm folgte der Bauer. Sie mussten früh aufstehen und melken und später aufs Feld. Da waren sie am Abend müde. Auch die Resi verdrückte sich in ihre Kammer. Agnes und Lisbeth blieb nichts anderes übrig, als ebenfalls ihr

Lager aufzusuchen. Die Mutter schaufelte noch etwas Asche über die Glut, damit sie das Feuer am Morgen besser anfachen könnte. Dann nahm sie die Lampe und ging ebenfalls nach oben.

Im Stall muhte eine Kuh. Der Ruf des Käuzchens war inzwischen verhallt.

Wieder dauerte es mehrere Tage, bis die Bäuerin Ruhe fand die Geschichte von der Räuberburg fortzusetzen. Agnes, Lisbeth und Hannes erinnerten sie jeden Abend daran. Sie bettelten und quälten sie so lange, bis sie schließlich nachgab.

»Sagt dem Vater und der Resi Bescheid. Sie sollen hereinkommen. Dann werde ich die Geschichte weitererzählen!«

Als alle am Tisch versammelt waren, begann sie.

Gegen Mittag traf das Heer mit Ausnahme der Ochsenkarren vor der Burg des Rampertshofeners ein. Eine laute Fanfare alarmierte den Ritter. Er eilte so rasch er konnte die Wendeltreppe hoch auf den Bergfried.

Als er die vielen bunten Fahnen und die bis an die Zähne bewaffneten Männer vor seiner Burg erblickte, fuhr ihm der Schreck in die Glieder und ließ ihn schlagartig nüchtern werden.

»Was wollt ihr?«, brüllte er.

»Wir handeln auf Befehl des Bayernherzogs. Ergebt euch!«, verlangte der Graf. »Dann lassen wir deine Männer zufrieden!«

»Scher dich zur Hölle!«, schrie der Ritter und gab

Simon das Zeichen die Lunte an eine Kanone zu halten und einen Schuss abzufeuern.

»Gut, wenn du es so haben willst, können wir auch anders«, rief der Graf zu ihm hinauf und schickte einen Boten herum, der den Söldnern den Befehl überbrachte die Burg zu umzingeln und sich auf eine Belagerung einzurichten.

»Zu belagern ist angenehmer, als belagert zu werden«, sagte ein Knappe grinsend zu einem anderen, während sie ihre Zelte aufbauten. »Wir haben zu essen und zu trinken so viel wir wollen und die da oben sind hungrig und durstig und müssen uns zuschauen.«

»Denen wird der Spaß bald vergehen!«, entgegnete der andere.

Am Abend standen rund um Burg Teufelsnest die bunten Zelte. Die Pferde grasten auf den Wiesen im Osten. Schweinehälften drehten sich an den Spießen über den Lagerfeuern. Hunde starrten sie begehrlich an und bettelten um Knochen. Der Duft nach gegrilltem Fleisch zog über die Zinnen der Burg und stieg den Männern des Ritters in die Nase. Es war ihnen klar, dass ihnen die Belagerer den Weg zum Fluss hinunter versperrten. Wasser gab es keines mehr und einen Vorrat hatten sie nicht angelegt.

Nachdem es der Rampertshofener abgelehnt hatte, sich zu ergeben, ordnete der Graf den Bau von Geräten an, mit deren Hilfe die Burg zu erstürmen sein würde. Die Männer zogen mit Äxten bewaffnet in die umliegenden Wälder, fällten Bäume und bauten Rammböcke, Wurfgeschütze und Gerüste für die mitgeführten Kanonen. Auch an einen Belagerungsturm hatte der Graf gedacht. Ihn könnten die Angreifer bis an die Wehrgänge heranrollen. Für den Nahkampf wurden Streitäxte, Pfeile und Bogen, Armbrüste, Schwerter, Dolche sowie mit Nägeln bespickte Keulen bereitgestellt.

Das alles dauerte einige Tage. In der Zwischenzeit plagte den Rampertshofener und seine Leute der Durst. Er schwächte ihren Willen sich zu verteidigen. Die Zungen klebten ihnen an den Gaumen. Ihre Stimmen klangen heiser und sie konnten Tag und Nacht an nichts anderes mehr denken als an Wasser. Das letzte Weinfass, das der Ritter für sich beansprucht hatte, war ebenfalls leer.

Auch der Getreidevorrat ging seinem Ende zu. Sie aßen das, was die Ratten übrig ließen und kauten bald auch das Leder der Pferdegeschirre. Längst hatte Wenzel die Falken von ihren Fesseln befreit. Sehnsüchtig blickte er ihnen nach, als sie davonflatterten.

»Als Nächstes müssen wir die Hunde schlachten«, sagte Simon zu Wenzel. »Ihr Fleisch und ihr Blut wird uns noch ein paar Tage am Leben erhalten. Was dann aus uns wird, weiß nur der Himmel …«

Doch so weit kam es nicht mehr.

An einem klaren, windigen Spätherbstmorgen ließ der Graf den Befehl zum Angriff blasen. In der Nacht hatte es gefroren. Ein Hauch von Reif lag auf den Wiesen.

Der Ostwind trug den Klang der Fanfaren nach Eurasburg hinüber.

»Das kommt von drüben übers Moor und über die Isar«, stellte die Kammerfrau fest. »Das bedeutet nichts Gutes.« Sie arbeiteten im Gemüsegarten.

»Bist du sicher, dass es von Rampertshofen kommt?«, fragte Katharina ungläubig und streifte sich eine Haarsträhne aus der erhitzten Stirn.

»Es kann nicht anders sein«, brummte Gertrud. »Jetzt geht es dem schwarzen Ritter an den Kragen. Der Graf schickt ihn in die Hölle.«

Wieder, wie so oft in ihren Träumen, sah Katharina den Rampertshofener vor sich, wie er auf seinem Rappen ins hoch aufspritzende Wasser galoppierte und mit dem Schwert auf Paolo einstach, wie er betrunken in die Wirtsstube kam und sie entführen ließ und wie er ihr, schäumend vor Zorn, den Umhang seiner toten Frau von den Schultern riss.

Und doch keimte in ihr ein Funken Mitleid mit dem Ritter. Er war so einsam, unfähig jemanden zu lieben. Niemand würde für ihn beten, wenn er einmal gestorben war. Alle wünschten nur seinen Tod herbei.

In der Burg befahl der Rampertshofener Simon ihm in seinen Harnisch zu helfen. Er hasste ihn, weil er unbequem war. Deshalb legte er ihn nur selten an. Er war verrostet. Die Scharniere quietschten und sollten längst einmal wieder mit Schweinefett behandelt worden sein. Bein- und Armschienen scheuerten an den Gelenken, der Brustpanzer drückte und zwickte ihn, weil er mit den Jahren zugenommen hatte, und die eisernen Handschuhe ließen es nicht zu, dass er sich an der Nase kratzte. Als er sich den Helm mit dem Federbusch aufsetzte und das Visier herabließ, wurde sein Gesichtsfeld stark eingeschränkt.

»Zum Teufel mit der Rüstung!«, fluchte er laut. Seine Stimme klang hohl und verzerrt. Doch dieses Mal musste es sein.

Er gab seine Anweisungen. Simon und Wenzel schickte er auf die beiden Tortürme, wo die Kanonen standen. Einige andere sollten sich auf den Wehrgängen aufhalten und die Armbrustschützen postierte er hinter den Schießscharten. Im Hof brannte ein Feuer, um Pech flüssig zu machen, das er den Angreifern auf die Köpfe schütten würde, wenn sie versuchten über die Mauer zu kommen. Er selbst wollte vom Bergfried aus den Angriff beobachten. Der Rampertshofener gürtete sein Schwert und wartete auf den Kampf.

Noch einmal ließ der Wolfratshausener den Ritter fragen, ob er sich nicht ergeben wollte. Und wieder war die Antwort nur ein Kanonenschuss. Dann griffen die Belagerer an. Zuerst versuchten sie mit gezielten Schüssen die Knechte des Ritters auf den Wehrgängen auszuschalten. Doch sie hatten kein Glück. Schießscharten und Zinnen boten den Verteidigern ausreichend Schutz. Zur gleichen Zeit rammten einige Söldner einen schweren Baumstamm gegen das Burgtor. Es krachte und splitterte, doch es hielt stand. Auch die Wurfgeschosse richteten nichts aus. Die Felsbrocken polterten in den Burghof, ohne Wirkung zu zeigen. Wer der Mauer zu nahe kam, musste damit rechnen, mit flüssigem Pech übergossen zu werden. Das machte auch die Leitern überflüssig, die, wenn sie einmal angelegt waren, bis auf die Höhe des Wehrgangs reichten.

Als die Sonne ihren höchsten Stand erreicht hatte, widerstand der Rampertshofener immer noch mit großer Hartnäckigkeit dem Heer des Grafen. Es war nicht möglich, dass die Kanonen der Angreifer eine Bresche in die Mauer schossen, dazu war sie zu dick. Nur Wenzel hatte einen Schuss in den Arm abbekommen, doch er war immer noch in der Lage flüssiges Pech über den Angreifern auszuschütten, die mit dem Rammbock gegen das Burgtor rannten.

Doch mit der Zeit ließ die Kraft der Verteidiger nach. Sie hatten seit dem Beginn der Belagerung nichts mehr getrunken.

Der Wolfratshausener nahm die Gelegenheit wahr den Kampf zu verstärken. Er schickte mit Streitäxten bewaffnete Männer nach vorn und legte zwei Leitern an einer Stelle der Mauer an, die ihm nur schwach besetzt erschien. Die erste Leiter kippte nach außen. Die zweite blieb stehen. Mehrere Angreifer erklommen den Wehrgang, wo sie die Knechte des Ritters im Nahkampf besiegten, weil sie zu schwach waren, um sich noch zur Wehr zu setzen.

An einer anderen Stelle wurde ein Wurfgeschütz mit einer Pechfackel geladen. Kurz vor dem Abschuss zündete sie einer der Soldaten an, sodass sie wie ein Feuerball über die Mauer flog. Ein Aufschrei zeigte den Schützen, dass sie getroffen haben musste. Aus einem Dach des Wirtschaftsgebäudes loderten Flammen. Die nächste Feuerkugel traf das Frauenhaus, die übernächste den leeren Stall. Die Knechte des Ritters hatten kein Wasser, um das Feuer zu löschen. Sie waren ihm hilflos ausgeliefert.

Jetzt schossen auch die Bogenschützen brennende Pfeile über die Mauer und kurz bevor die Sonne unterging, stand die Burg in hellen Flammen. Wie eine riesige Fackel loderte sie über das Isartal bis zu den Bergen hin und verkündete allen Leuten, dass es zu Ende ging mit der Herrschaft des Rampertshofeners, dass sich die Angst vor ihm in Rauch auflöste und sie wieder beruhigt ihrer Arbeit nachgehen konnten. Vor der Hitze der Flammen flüchtend ergab sich

das Gefolge des Ritters. Einer nach dem anderen verließ die Burg und ließ sich fesseln. Wenzel und Simon kamen als Letzte. Ihnen war klar, dass eine Verteidigung sinnlos geworden war.

Nur der Rampertshofener wollte sich nicht ergeben. Er riss sein Schwert aus der Scheide, klappte das Visier nach unten und stellte sich breitbeinig auf die oberste Stufe der Wendeltreppe. Diese Wendeltreppe drehte sich rechts herum, sodass der Verteidiger mit der rechten Hand große Bewegungsfreiheit hatte. Der Angreifer musste es mit der linken tun, was seine Schwerthiebe unbeholfen machte. Doch der Burgherr wusste nicht, dass sein Widersacher von Geburt an Linkshänder war. Damit war der Nachteil ausgeglichen. Außerdem war der Graf nicht von Durst geschwächt. Er fühlte sich stark und ausgeruht. Der Klang der Schwerter wurden von den Schreien der Kämpfer begleitet. Hart schlug Eisen auf Eisen und jeder versuchte den Gegner ins Wanken zu bringen. So ging der Kampf nach einigem Hin und Her schlecht für den Rampertshofener aus. Er stolperte und stürzte die Stufen hinunter, wo ihn die Männer des Grafen packten und in Fesseln legten. Der Graf riss ihm den Federbusch vom Helm und schwenkte ihn zum Zeichen des Sieges, als er vors Burgtor trat. Da jubelten die Söldner, die Bauern, die Knechte und freuten sich, dass der Räuber besiegt worden war.

Die Männer des Bayernherzogs nahmen die Gefangenen mit nach München, wo sie ins Gefängnis kamen. Dort wurde ihnen der Prozess gemacht. Der Rampertshofener wurde dem Henker übergeben. Er starb mit einem Fluch auf den Lippen. Simon und Wenzel wurden zu einigen Jahren schweren Kerkers verurteilt. Die anderen ließ man frei. Sie waren nur Befehlsempfänger gewesen.

Katharina kehrte in Begleitung der Kammerfrau ins Lindenwirtshaus zurück. Abend für Abend sang sie den Gästen etwas vor, denn sie hatte im Lautenspiel große Fortschritte gemacht, solange sie auf der Eurasburg lebte.

Doch die Gäste beschwerten sich, dass ihre Lieder

immer so schwermütig klangen. Sie verlangten von ihr, dass sie Tanzlieder spielen sollte, aber das Mädchen schüttelte nur traurig den Kopf.

»Was fehlt ihr?«, fragte ihre Tante die Kammerfrau. »Ist sie krank?«

»In gewisser Weise ja«, war Gertruds Antwort. »Sie denkt zu viel an den Venezianer.«

»Aber der hat sie sicher schon längst wieder vergessen.« Damit sollte sie nicht Recht behalten.

Der Winter wurde außergewöhnlich kalt. Dicke Eiszapfen hingen von den Dächern der Häuser. An den Stammtischen wurde viel geredet. Wieder und wieder erzählten sich die Männer die Geschichte des Rampertshofeners und wie er besiegt worden war. Und die Frauen erzählten sie sich in den Spinnstuben. Sie malten sie aus und dichteten immer neue Schandtaten dazu. Von Mund zu Mund gaben sie alles weiter, bis sie die meisten Leute im Umkreis in allen Einzelheiten kannten. Die Holzfäller erzählten sie den Flößern, die Bauern sprachen nach der Kirche davon und die Händler trugen sie in die Märkte der Städte.

Eine dichte Schneedecke legte sich auf die Ruinen der zerstörten Burg. Raben umkreisten den zusammengefallenen Bergfried und in den Wäldern wilderten die Hunde des Ritters, jagten Hirsche und Rehe und wurden schließlich von den Wölfen zerrissen, die damals die Gegend unsicher machten.

Im nächsten Jahr begannen sich die Bauern Steine aus der Ruine zu holen. Sie bauten mit ihnen Ställe und Scheunen und benützten sie zur Befestigung der Wege. Von den allerletzten Felsbrocken bauten sie die ehemalige Burgkapelle wieder auf und umgaben sie mit einer Mauer. Sie baten den Priester, sie im Namen des heiligen Georg zu weihen, der den Drachen besiegt hatte, um eine Jungfrau zu retten, und begruben um sie herum ihre Toten. Dort, wo die Burg stand, weidete schon bald ihr Vieh.

Im Frühsommer fuhr ein fremder junger Mann mit einem voll bepackten Floß auf der Isar in Richtung Norden. Er hatte Fässer voll Wein dabei und Packen mit Teppichen aus dem Orient und kostbaren Stoffen, Kästen voll Silberwaren und Damaszener Dolchen und Schwertern. Der Fremde trug einen Umhang, wie er in dieser Gegend unbekannt war. Auf dem Kopf hatte er ein Samtbarett, das ihn vorzüglich kleidete. Das junge Gesicht mit der gebogenen Nase und den dunklen Augen, die neugierig ihre Umgebung betrachteten, war bartlos.

Langsam glitt das Floß auf der Strömung dahin. Ab und zu sprangen Fische aus den milchig grünen Wellen und platschten wieder zurück. Schwalben schossen auf der Jagd nach Mücken im Tiefflug über die Wasseroberfläche, während ein Silberreiher gelassen am Ufer entlangstakte. Hoch über den bewaldeten

Hängen an beiden Seiten des Flusses kreisten Bussarde.

In Nantwein verließ er das Floß, das dort eine Pause einlegte. Er folgte einem Karren in Richtung des Marktes Wolfratshausen, bis er den Gasthof »Zur Linde« erreichte. Er zögerte einen Augenblick, bevor er an die Tür klopfte. Um diese Zeit waren noch keine Gäste zu sehen. Ein junges Mädchen öffnete ihm. Sie glich der Beschreibung, die man ihm gegeben hatte. Ihre Haare hatte sie im Nacken zu einem Knoten geschlungen, was sie älter aussehen ließ als sechzehn Jahre. Als sie den Fremden so vor der Tür stehen sah, riss sie die Augen in maßlosem Erstaunen weit auf.

»Oh«, sagte sie nur, »oh …«, weil sie der junge Gast an jemanden erinnerte, von dem sie angenommen hatte, er habe sie längst vergessen.

»Katharina?« Der Fremde sah sie fragend an. Und als das Mädchen nickte, fuhr er fort: »Mein Name ist Alberto Contini. Ich bin der jüngere Bruder Paolos. Ich habe Euch eine Nachricht von ihm zu überbringen.«

»Von Paolo? Wie geht es ihm? Ist die Wunde an seinem Bein gut verheilt?«

»Äußerlich schon, doch er leidet immer noch unter den Schmerzen seiner Verletzung. Das Schwert durchtrennte ihm mehrere Sehnen. Er kann das Bein nicht voll belasten. Und wenn er es trotzdem tut, schwillt es an und verändert seine Farbe. Der Arzt meint, es gehöre in kurzen Spaziergängen wieder beweglich gemacht. Zu alledem kommt noch ein geheimer Kummer, über den er nicht reden will. Und weil es schon längst an der Zeit war, mit neuen Waren über die Alpen zu reisen und die Residenzen des Nordens aufzusuchen, habe ich mich angeboten, unsere Fracht zu begleiten. Da bat er mich einer gewissen Katharina, die bei ihrer Tante in Wolfratshausen lebt, eine Botschaft zu überbringen.«

Das junge Mädchen starrte den Fremden mit ungläubigem Staunen an, während er sprach. Sie konnte es kaum fassen, dass ihr Paolo eine Botschaft schickte, Paolo, an den sie so oft dachte und von dem sie nachts träumte.

»Er bittet Euch sehr, zu ihm nach Venedig zu reisen und seine Verletzung zu pflegen«, fuhr Alberto fort. »Wenn Eure Tante Euch eine heilkräftige Salbe oder einen Sud mitgäbe, könnte das helfen seine Schmerzen zu lindern. Zu alledem kommt noch etwas, was ich nicht verstanden habe. Ihr möchtet bitte so gut sein an die Laute zu denken und sie ebenfalls mitzubringen, denn er wäre überzeugt davon, dass die Laute seiner Besserung sehr zuträglich sein würde.«

Katharina war blass geworden. Sie hatte sich Halt suchend an den Türrahmen gelehnt, während Alberto sprach. Paolo erinnerte sich noch an sie. Sie gestand sich nicht ein, dass eine unbekannte Wärme ihr Herz schneller schlagen ließ.

»Wenn Ihr Euch rasch entscheiden könntet, wäre das gut«, erklärte ihr der Italiener. »Dann könntet Ihr mich auf meiner Fahrt nach München begleiten und dort warten, bis ich meine Geschäfte erledigt habe. Wir würden dann zusammen nach Venedig zurückkehren, denn für ein Mädchen in Eurem Alter ist die weite Reise durch die Berge nicht ungefährlich.«

Katharina entschied sich sofort. Sie lief zu ihrer Tante und bat sie um die verlangte Medizin. Sie packte die Laute in den Kasten und alles, was sie an Kleidung besaß, in einen Schultersack. Kaum hatte Alberto einen Krug Bier ausgetrunken, stand sie schon vor ihm und sagte: »Ich bin so weit, wegen mir können wir gehen.«

Der Abschied von ihrer Tante fiel ihr nicht leicht. Erst als Alberto beiden versprach persönlich dafür zu sorgen, dass Katharina wohlbehalten ins Wirtshaus »Zur Linde« zurückkehren könne, wenn es ihr in Venedig nicht gefiele, schien die Tante getröstet zu sein. Und außerdem blieb Gertrud bei ihr. Sie würde ihr an Katharinas Stelle in Küche und Keller zur Hand gehen und sie trösten, wenn sie traurig war.

An jenem Sommertag, an dem die Holunderbüsche in voller Blüte standen, an dem die Luft voll war von dem Duft des Ligusters und die Bauern in aller Ruhe ihr Heu ernteten, bestieg Katharina das Floß und fuhr mit Alberto Contini nach München, um mit ihm von dort nach Venedig zu reisen, zu Paolo, der ihr die

Laute geschenkt und das Singen beigebracht hatte, und den sie nicht vergessen konnte.

»Und was wurde aus der armen Mechthild?«, fragte Lisbeth, als die Moserbäuerin geendet hatte. »Wo war sie, während die Burg in Flammen stand?«

Und der Hannes wollte wissen, ob das Heer des Grafen nicht großen Schaden angerichtet hätte, als es von Wolfratshausen nach Rampertshofen gezogen war.

Die Agnes jedoch fragte noch einmal nach dem geheimen Gang und ob es den heute noch gebe. Nur die Resi hockte still auf ihrem Platz und dachte über die Geschichte nach.

»Langsam, langsam!«, beruhigte die Bäuerin lachend ihre drei Kinder. »Eins nach dem andern. Dass viele Leute schon nach dem Gang gesucht haben, habe ich euch bereits erzählt. Er wird die zahlreichen Hochwasser in den vielen hundert Jahren nicht überstanden haben. Die Frage nach dem Schaden, den das Heer des Grafen angerichtet haben könnte, kann euch am besten der Vater beantworten.«

»Er wird nicht ganz so schlimm gewesen sein, wie du befürchtest, Hannes«, erklärte der Bauer seinem Sohn, »denn damals bedeckte viel mehr Wald die Gegend, als heute. Es gab nur wenige Wege zwischen Wolfratshausen und Rampertshofen. Durch das Dickicht der Auwälder führten nur die schmalen Pfade der

Flößer. Da kamen kein Karren und keine Kanone hindurch. Den Sumpf mussten die Reiter und Ochsenkarren natürlich umgehen, deshalb werden sie vermutlich einen Bogen nach Osten gemacht haben, wobei sie den Wald durchquerten und nur wenige Wiesen und Felder niedertrampelten. Damals ging das nicht anders. Was die Bauern darüber dachten, war den Herren gleich. Denen war nur ihr Kriegszug wichtig. Vielleicht nahmen die Bauern in dieser Gegend es auch in Kauf, wenn sie den schwarzen Ritter loswurden. Für diejenigen, die ihm lehnspflichtig gewesen waren, bedeutete sein Tod und die Zerstörung des Teufelsnests den Gewinn ihrer Freiheit.«

»Und was wurde aus dem ruhelosen Geist der Mechthild?« Lisbeth hatte Angst, dass ihre Frage vergessen werden könnte.

»Ich nehme an, dass sie sich, während die Burg brannte, in den Wald zurückgezogen hat«, vermutete die Mutter. »Wo sollte sie auch sonst hin?«

»Das könnte vielleicht der Grund dafür sein, dass sie immer am Waldrand auftaucht«, überlegte Agnes laut und seufzte dann leise: »Wenn es nur etwas gäbe, was man tun könnte, damit sie ihre Ruhe findet!«

Da erhob auf einmal die Resi ihre Stimme. Sie hatte die ganze Zeit nur stumm am Tisch gesessen und der Bäuerin zugehört. Es war das erste Mal, dass sie sich in das Gespräch mischte.

»Das ist doch ganz einfach«, sagte sie und blickte

einen nach dem anderen ruhig an. »Ihr müsst den Mut haben sie danach zu fragen. Bis jetzt ist jeder vor ihrer Erscheinung davongelaufen. So kam sie nie dazu, jemanden um Hilfe zu bitten.«

Die Kinder erschraken.

»Wie meinst du das?«, schrie Lisbeth entsetzt auf. »Wir sollen stehen bleiben, wenn ihr Licht auf uns zuschwebt? Und dann, und dann …«

»Dann sollt ihr warten, bis sie zu euch spricht, und wenn sie es nicht tut, müsst ihr sie selbst ansprechen und sie fragen, wo ihre Knochen liegen, damit man sie ausgräbt und ihnen ein christliches Begräbnis gibt«, sagte die Resi.

»Wir – wir sollen sie ansprechen!«, stotterte Agnes. »Ich weiß nicht, ob ich den Mut dazu habe.«

»Wenn der Hannes mitgeht …«, murmelte Lisbeth ein wenig verzagt, »würde ich vielleicht stehen bleiben, wenn sie auf uns zukommt.«

»Und würdest sie dann auch fragen?«

»Wenn die Agnes mich bei der Hand nimmt …«

»Es genügt ja, wenn sie euch die Stelle zeigt, an der die alte Buche gestanden hat«, schlug der Moserbauer vor.

»Gut«, rief Hannes. »Wenn wir zu dritt sind, wird sie uns nichts tun.«

»Warum sollte sie das auch?«, murmelte Resi leise, während sie vom Tisch aufstand und das Geschirr wegräumte. »Sie braucht die Hilfe, nicht ihr.«

»Gut, dann wollen wir es versuchen«, sprach Agnes sich und den beiden anderen Mut zu.

»Aber ihr müsst auf einen Abend warten, an dem ein Gewitter hinter dem Fluss hochsteigt. Anders werdet ihr kein Glück haben ihr zu begegnen.«

An einem heißen Spätsommertag war es dann so weit. Die Kinder hüteten das Vieh auf der Wiese hinter der Georgskirche. Die jungen Schwalben hatten längst ihr Nest verlassen. Sie sammelten sich auf den Hausdächern und bereiteten sich auf die lange Reise in den Süden vor. Am Waldrand waren die Brombeeren reif, und wenn sich dort ein Reh sehen ließ, dann war es fett gefressen, um für einen harten Winter gerüstet zu sein.

Erst als die finsteren Wolken die Sonne verdeckten, bemerkte die Agnes das aufsteigende Unwetter. Schon den ganzen Tag über hatten die Mücken das Vieh geplagt. Sie hatten unruhig gegen die Euter getreten und immer wieder im Schatten des Waldrands Schutz gesucht. Auch Lisbeth und Hannes hatten wütend um sich geschlagen, wenn sie eine Mücke allzu hartnäckig umschwärmte.

Doch als der erste heftige Windstoß in die Baumkronen fuhr, waren die Mücken auf einmal fort.

»Agnes, Lisbeth, wir müssen das Vieh heimtreiben. Es ist Melkzeit!«, schrie der Hannes seinen Schwestern zu. Die Wolkenwand färbte sich gelb. Der erste Donnerschlag schreckte die Kühe hoch.

»Geh allein, Hannes!«, rief Agnes. »Lisbeth und ich bleiben hier. Du weißt schon, warum.« Da erinnerte sich der Hannes an ihren Vorsatz zu warten, ob die Erscheinung wieder am Waldrand auftauchte, und dass sie die Geisterfrau dann fragen wollten, wie man ihr helfen könnte.

Ein Blitz fuhr in eine Fichte am Waldrand. Die Kühe warfen die Köpfe hoch, rissen die Schwänze nach oben und rasten in Panik heimwärts. Der Hannes lief ein paar Schritte hinter ihnen her. Dann besann er sich, blieb einen Augenblick stehen, drehte sich um und kehrte zu seinen Schwestern zurück. Wie versteinert standen sie da und starrten auf die Bäume am Waldrand, zwischen denen ein kleiner Lichtpunkt auftauchte. Sie nahmen keine Notiz davon, dass der Hannes die Kühe allein heimlaufen ließ und zu ihnen zurückgekehrt war, beobachteten nur den immer größer werdenden Lichtschein, der flackernd auf sie zuschwebte, größer wurde, unter den Windstößen hin und her schwankte, bis unter die Wolken wuchs und den Turm der kleinen Kirche verdeckte. Auch der Hannes erkannte jetzt die bleiche Frau in der Mitte der Flamme. Die Schleppe ihres Gewands flog hinter ihr her. Die spitze Haube verdeckte die Haare. Mit einem Lächeln auf den Lippen hinter ihrem Schleier schwebte sie auf die Kinder zu.

»Ich hab Angst!«, flüsterte Lisbeth und griff nach der Hand ihrer Schwester. Auch dem Hannes stand die Furcht ins Gesicht geschrieben.

»Mein Gott«, murmelte er leise und mit weit aufgerissenen Augen, und gleich noch einmal: »Mein Gott, so hab ich sie mir nicht vorgestellt!«

Nur die Agnes stand wie festgewurzelt da und blickte tapfer der Frau entgegen. Mit der einen Hand hielt sie Lisbeth fest, die andere hatte sie zu einer Faust geballt. Nicht weglaufen, sagte sie still zu sich selbst, nicht weglaufen. Wenn wir die arme Mechthild erlösen wollen, müssen wir stehen bleiben und hören, was sie uns sagen will.

Inzwischen hatte es auch zu hageln begonnen. Der

Wind trieb Regentropfen und Hagelkörner in Böen über den Fluss und die Hochfläche und durchnässte die Kinder. Ihre Haare hingen ihnen in Strähnen über die Stirn. Nur der Geisterfrau schien der Sturm nichts auszumachen. Immer noch lächelnd blieb sie vor Lisbeth, Hannes und Agnes stehen.

»Danke«, hauchte sie. »Danke, dass ihr nicht weggelaufen seid!«

»Können wir Euch irgendwie helfen?« Agnes hatte all ihren Mut zusammengenommen und die Frau angesprochen.

»Ich weiß nicht«, seufzte der Geist in der Flamme. »Ich weiß nicht, ob ihr mir helfen könnt. Ich finde meine Ruhe erst wieder, wenn meine sterblichen Überreste ein christliches Begräbnis erhalten haben.«

»Und wo finden wir Ihre sterblichen Überreste?«, fragte Agnes.

»Der Rampertshofener hat sie am Waldrand verscharrt, als er sah, was er in seinem Jähzorn angerichtet hat. Am Waldrand unter einer alten Buche.«

»Aber die alte Buche gibt's nicht mehr«, rief der Hannes über die Schulter seiner Schwester. »Der Großvater hat uns erzählt, sie sei schon vor vielen, vielen Jahren von einem Sturm umgerissen worden.«

»Ich weiß«, seufzte die Frau in der Kerzenflamme traurig. »Aber ich kann euch die Stelle zeigen.« Ohne darauf zu warten, ob ihr die Kinder folgten, schwebte sie zum Waldrand zurück, wurde kleiner und kleiner

und verlöschte auf einmal zwischen zwei knorrigen Fichten.

»Ich kann sie nicht mehr sehen«, jammerte Lisbeth. »Sie ist verschwunden, bevor sie uns die Stelle zeigen konnte. Es war alles umsonst.«

»Aber das ist die Stelle«, erklärte ihr Agnes. »Dort müssen wir graben und nach ihren Knochen suchen.«

Nur halb getröstet folgten Lisbeth und Hannes ihrer älteren Schwester nach Hause.

»Wir haben die fremde Kerzenfrau gesehen!«, rief Lisbeth ihrer Mutter entgegen, als sie in die Küche stürzten.

»Den Geist in der Flamme!«, versuchte der Hannes die Schwester zu übertrumpfen.

»Und dafür habt ihr das Vieh im Stich gelassen!«, schimpfte der Moserbauer. »Es drängte sich atemlos durch die Stalltür und gab nur wenig Milch vor lauter Aufregung!«

»Tut mir Leid«, murmelte Hannes schuldbewusst. »Doch ich wollte Lisbeth und Agnes nicht allein draußen stehen lassen. Was sollte ich tun?«

»Ist schon gut«, tröstete ihn die Bäuerin. »Der Vater hat es nicht so gemeint. Hat sie euch den Platz gezeigt, an dem der Ritter ihre Knochen vergrub?«

»Sie verlöschte zwischen zwei alten Fichten«, sagte Agnes. »Es sah so aus, als versänke sie im Boden.«

»Ja, das ist wahr!«, rief Lisbeth und zog die warme Decke, die ihr die Mutter gegeben hatte, dichter um

sich. »Auch mir kam es so vor, als tauche sie in die Erde.«

»Dann wird es die richtige Stelle sein«, stellte die Mutter fest. »Dort solltet ihr suchen! Vielleicht hilft euch der Vater dabei.«

Am nächsten Tag schulterte der Moserbauer einen Spaten, folgte seinen Kindern zum Waldrand und ließ sich den Platz zeigen, an dem die Flamme verlöscht war. Zuerst säuberten sie die Stelle von Mädesüßsträuchern, Brennnesseln und Pfefferminze. Danach begann der Bauer zu graben. Er grub in die Länge und in die Breite, am Ende auch in die Tiefe, bis er einen Schädel und einige andere Knochen fand. Die Agnes zog ihre Schürze aus und sammelte sie unter Mithilfe ihrer Geschwister ein.

Und als am Sonntag der Pfarrer in der kleinen Kirche, die aus den Steinen der ehemaligen Burg errichtet worden war, die Messe las, baten ihn die Moserbauerkinder, die Knochen der Mechthild von Rampertshofen an der Kirchenwand zu begraben und ihnen den Segen eines christlichen Begräbnisses zu geben.

So geschah es. Begleitet vom Gezwitscher der Schwalben, für die die Zeit gekommen war sich auf den Weg in den Süden zu machen, murmelten alle Kirchenbesucher ein Vaterunser und ein Ave-Maria. Sie sangen ein altes Kirchenlied, während sie die Überreste der Geisterfrau direkt an der Kirchenwand bestatteten.

Seit diesem Tag war die Flamme für immer verloschen. Niemand brauchte mehr vor dem Geist zu erschrecken, keine Pferde, keine Kühe und keine Kinder. Die Rampertshofenerin hatte endlich ihre letzte Ruhe gefunden.

Nachwort

Die Geschichte vom Raberbichl bei Rampertshofen hörte ich zuallererst von Fritz Baer, einem Architekten, der in Thankirchen lebte. Er hatte bei den Renovierungsarbeiten der kleinen St. Georgskirche, die Anfang des 16. Jahrhunderts gebaut worden war, wesentlich ältere Mauerreste entdeckt und den Schluss daraus gezogen, dass in früheren Zeiten schon einmal ein gemauerter Bau dort gestanden haben muss. Die Kirche wird von einer efeuüberwachsenen Friedhofsmauer umgeben, hinter der sich eine große an den Rändern leicht abfallende Wiese befindet. Sie wird im Westen von einem bewaldeten Hang begrenzt. Diese Wiese wird auch heute noch der »Raberbichl« genannt, was so viel wie Räuberhügel bedeutet. An zwei Stellen des zur Isar hin steil abfallenden Hangs im Westen hat austretendes Grundwasser im Laufe der Zeit Gräben ausgeschwemmt. Die steilere der beiden Schluchten wurde von den Bewohnern Einöds als direkte Verbindung nach oben und als Kirchenweg benützt, die andere wurde zu einer breiten Straße ausgebaut. Fritz Baer erklärte mir, dass er vermute, auf der Wiese habe sich früher einmal eine Raubritterburg befunden. An frostigen Tagen könne man, wenn man genau hinsehe, noch eine kreisrunde Erhebung erkennen. Wahrscheinlich habe dort der Bergfried gestanden, von dem aus der Ritter den Floßverkehr auf der Isar beobachten konnte. Die Flöße müssten ihm eine willkommene Beute für seine Überfälle gewesen sein, denn die beiden Schluchten seien ideale Fluchtwege gewesen. Da der Wald bis fast zur Isar gereicht habe, hätten seine Verfolger nie wissen können, auf welchem der beiden Wege er angreifen, seine Beute in Sicherheit bringen oder selbst seinen Verfolgern entgehen würde.

Sehr viel später habe ich erst von den Sagen erfahren, die in den ersten Jahren dieses Jahrhunderts im Wolfratshausener Wochenblatt veröffentlicht worden waren. Der Verfasser gibt an, er habe sie in einer alten Hauschronik entdeckt. Sie und einige andere handeln von einer Burg namens »Teufelsnest« hoch über der Isar in Rampertshofen, von dem Raubritter, der von dort aus sein Unwesen trieb, von dem Geist einer Frau, der keine Ruhe fand und dem unterirdischen Gang durch die Isar hindurch hinüber nach Schloss Eurasburg. Aus den Geschichten geht nicht hervor, wann dieser Ritter gelebt hatte. Es kann im elften Jahrhundert gewesen sein, aber auch in der Mitte des fünfzehnten Jahrhunderts oder irgendwann in den Jahren dazwischen.

An dieser Stelle möchte ich mich bei Frau Marianne Balder und Herrn Franz Bäumler vom Stadtarchiv Wolfratshausen sowie Frau Agnes Wagner vom Gemeindearchiv Dietramszell recht herzlich für ihre wertvolle Hilfe bedanken.

Sigrid Heuck, Grabenmühle

Die Deutsche Bibliothek – CIP-Einheitsaufnahme
Ein Titeldatensatz für die Publikation ist
bei Der Deutschen Bibliothek erhältlich

Heuck, Sigrid:
Der Ritter und die Geisterfrau
ISBN 3 522 17360 0

Einband- und Innenillustrationen: Daniele Winterhager
Einbandtypografie: Michael Kimmerle
Satz: KCS GmbH, Buchholz/Hamburg
Reproduktion: Die Repro, Tamm
Druck und Bindung: Friedrich Pustet, Regensburg

5 4 3 2 1* 00 01 02 03 04

Thienemann im Internet: www.thienemann.de

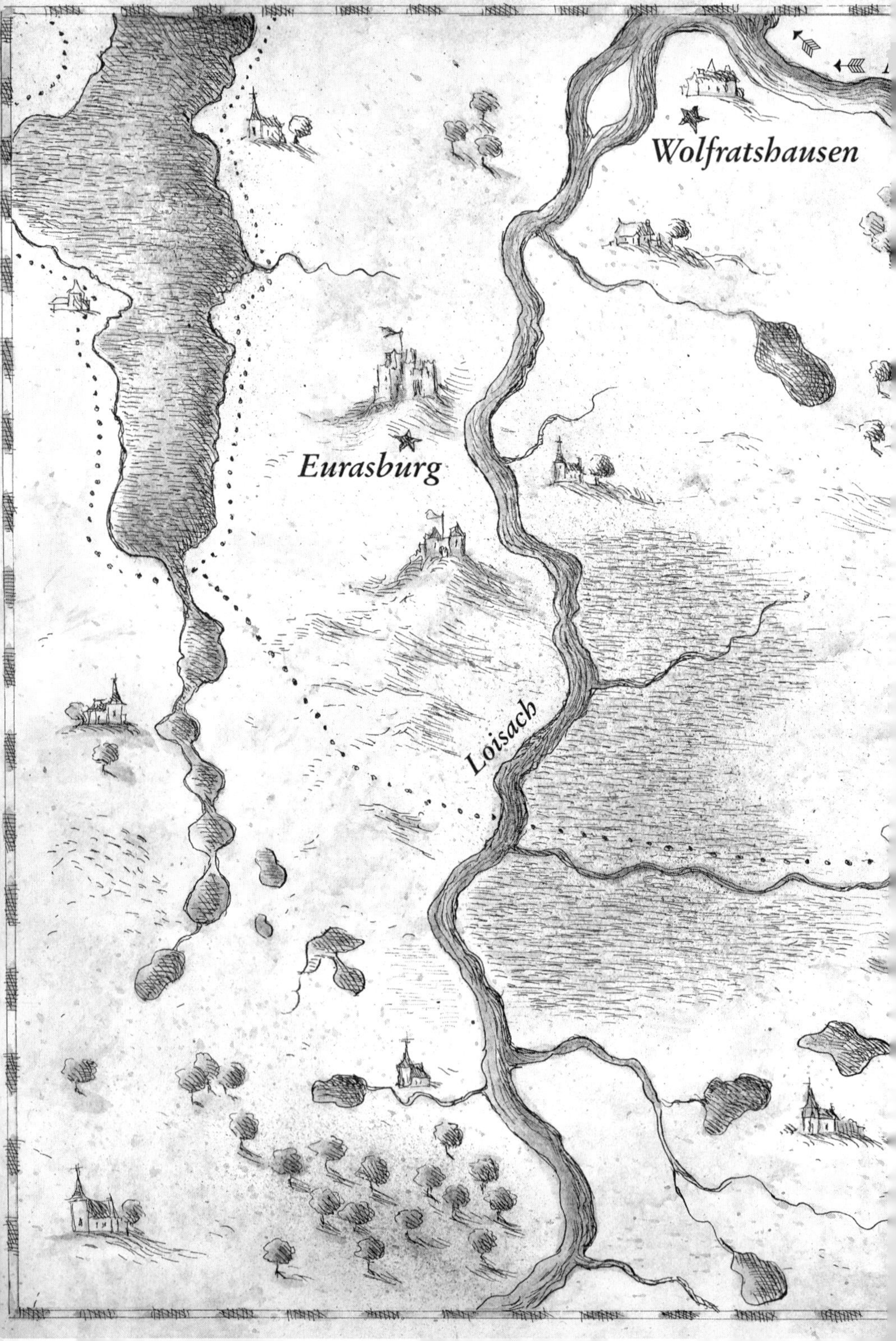
Wolfratshausen
Eurasburg
Loisach